L'ANNEAU
DE PAILLE

PAR

HIPPOLYTE BONNELLIER.

I

PARIS,

Ollivier, éditeur.

—

1836.

L'Anneau de Paille.

A123

L'ANNEAU

DE PAILLE

PAR

Hippolyte Bonnellier.

I

PARIS,

Ollivier, libraire-éditeur,

33, RUE SAINT-ANDRÉ-DES-ARTS.

1856.

OLLIVIER, LIBRAIRE-ÉDITEUR, A PARIS,
RUE SAINT-ANDRÉ DES ARCS, 33.

TROISIÈME ÉDITION:

SIMON

LE BORGNE

PAR

MICHEL RAYMOND.

2 Vol. in-8°; 15 fr.

Vous connaissez Michel Raymond; vous avez lu ce *Maçon* qui fait frémir, qui fait penser, qui est vrai, qui est pittoresque, naïf et profond : c'est un des ouvrages les plus puissans de l'époque.

Eh bien! il y a plus de puissance encore, une force plus brutale, plus vive, plus âpre dans le livre nouveau du même auteur.

. . . . . Il nous a montré cette gangrène de l'intimité, cette facilité de commerce souillant le lit nuptial, tuant la vertu, écrasant le bonheur réel, jetant le crime et la douleur sur le foyer domestique. Tout ce crime, tout ce malheur ne jaillit pas d'événemens extraordinaires, mais de la nécessité même des choses et de la juxta-position des caractères. On voit à nu les ressorts de la fatalité sociale : nos ménages ouverts au premier *intime;* nos mœurs étourdies, familières, bonnes à tout venant; notre penchant à une confiance niaise et un laisser-aller que nous prenons pour du bon cœur.

Au reste, telle analyse que nous puissions faire de ce livre, elle paraîtrait froide et sèche à côté de ces quelques lignes extraites de l'ouvrage.

« Durant ces longues nuits que je me suis faites, lorsque je sens au fond de la tête le ver qui me ronge le cerveau, au lieu de me frapper comme une folle et de mordre mon oreiller pour étouffer mes cris, je pèse deux destinées, Auguste! Ta destinée, ma destinée..... N'aurez-vous de persévérance, dites! que pour nous perdre? et votre courage ardent à la poursuite, n'a-t-il plus d'haleine après la victoire? C'est le moins, j'imagine, que le complice ait sa charge, et que notre faute nous réserve des droits sur vous..... Dans les lois où l'on met tout ce que l'on veut, cette prévoyance ne serait pas de luxe, il me semble. Enfin, quel recours nous est permis lorsqu'un événement imprévu nous accable? S'il en était d'autre sorte, pourtant, au lieu de reculer devant les suites d'une faute, vous reculeriez devant la faute; ce serait autant de gagné pour les mœurs..... Est-ce que nous allons vous chercher, nous?.... Ah! vous nous fermerez le monde, parce que nous vous aurons ouvert notre âme! Et, rien qu'avec du silence, vous étoufferez nos prières dès que cela vous semblera bon!... Erreur, Messieurs! j'entreprends de changer tout cela. Il est bien, il est salutaire de signaler à l'indignation des âmes crédules vos passions sans reconnaissance et sans lendemain, qui ne se fatiguent

jamais de notre désespoir et qui s'effacent devant
un abîme au moment où l'on s'abandonne à leur
appui..... Je suis fière de me dire, Auguste, qu'à
la suite de cette lutte où ton défi m'engage, il y
aura pour tous les deux une égalité de dégrada-
tion sous un niveau d'infamie, et que cela ne tient
qu'à moi..... Mais il n'y a donc pas de femme qui
ait pensé à cela ; pas une qui se soit mis bravement
un écriteau sur le front avec le nom de son amant,
comme on le ferait pour le nom d'un mari légitime
dans le cas de divorce, de sorte à pouvoir crier sur
le seuil de toutes les portes où vous frapperiez
désormais : Repoussez ce lâche dans la rue, et
qu'il y reste ! fermez-lui votre famille et votre pitié ! Ce n'est rien qu'il soit sans principes : il est
sans entrailles. Tout homme doit lui refuser sa
main, toute femme doit lui refuser son cœur ; car
cet ami n'est pas autre chose qu'un adroit libertin,
et cet amant n'est rien de plus qu'un froid scélé-
rat...... Ce rôle me semble pourtant facile à prendre, Auguste ! il y aurait une sorte de grandeur à
l'oser.... Pour notre sexe, on a fait la vertu bien
dure, et l'on ne reconnaît pas de milieu. Je veux
protester, moi ! je veux que ma chute serve au re-
dressement de l'odieuse morale qui se révolte de
nos faiblesses en souriant à vos lâchetés; qui vous
fait tyran, qui nous fait esclave ; qui vous dispense
de tous les freins, qui nous arrache brutalement
tous les pardons.... Se tuer ! je l'ai voulu plus d'une
fois ; mais à quoi bon ?..On se venge!!! il faut se dire
que la cause d'une seule est la cause de toutes.....
Faire rougir les hommes, ce serait neuf... Songes-y,
Auguste ; songes-y ! ce moment est décisif... »

IMPRIMERIE DE RAYNAL, A RAMBOUILLET.

MÉMOIRES
DE MADAME D'ABRANTÈS,

(TOMES XV, XVI, XVII, XVIII).

Ces Volumes complètent l'Ouvrage.

UN CHATEAU,

Par Hippolyte Bonnellier.

2 Vol. in-8° (sous presse.)

MADAME PUTIPHAR,

PAR PETRUS BOREL.

Deux Volumes in-8° (sous presse.)

TRYVÉLYAN,

Par l'Auteur

D'ÉLISA RIVERS, MARIAGE DANS LE GRAND MONDE, ETC.

2 Vol. in-8°. Prix : 15 fr.

PHYSIOLOGIE DU RIDICULE,

par Mme Sophie Gay.

Deux Volumes in-8° (Édition à 3 francs 75 cent.)

HÉLENE,

PAR MARIA EDGEWORTH.

Deuxième édition in-8°, à 3 francs 75 cent.

On est prié instamment de désigner cette édition par édition BELLOC,
afin qu'on ne la confonde pas avec une autre moins *complète* et plus
chère.

———

Les chroniqueurs et conteurs des anciens jours
sont bons à quelque chose, lorsque, pour l'instruc-
tion de leurs contemporains, ils remontent péniblement dans les brouillards du passé, et parviennent à

rétablir avec bonne foi et certitude la *généalogie* des lieux, des faits et des hommes.

À cet enseignement, la majorité des lecteurs est rebelle! L'ignorance toujours envieuse, toujours incrédule, disposée à ne tenir aucun compte des ressources et des spéculations de l'étude, s'applique à travestir du nom de fiction romancière, l'histoire, mise par le drame à la portée de son inculte entendement; de sorte qu'on la voit reculer devant les livres arides qu'elle ne saurait comprendre, en même temps qu'elle dédaigne les livres intéressans qui pourraient l'instruire.

Mais qu'importe au réel ami du travail et de l'art! il veille, il accomplit son œuvre, il y met le coloris de sa pensée, le cachet de sa conscience; et son œuvre achevée, il la livre, insoucieux, aux fantasques opinions, aux sottes interprétations, à l'iniquité des jugeurs; ne demandant tout bas à la foule qu'un seul bon lecteur; un seul, c'est assez d'un pour exciter l'émulation et consoler de tant d'insomnies, de tant de jours laborieux.

LE BUCHERON ET LA CHEVRIÈRE.

I

Dans le temps présent, on chercherait en vain la physionomie qu'avaient jadis les lieux au milieu desquels doit se mouvoir le drame que je vais tracer.

Ces lieux existent pourtant ; ils sont là, sous mon regard ; ils étaient, ils sont encore dépendans du diocèse de Paris ; la feuillée des forêts qui les couronne, gémit au même coup de vent qui fait crier les toits de la capitale ; ils frémissent aux mugissemens partis des tours de Notre-Dame, lorsque, les jours de solennités, *Jacqueline* et *Marie* chantent la joie ou le deuil ; ils sont même assez près pour entendre *la cloche de bois* qui, du haut du petit clocher de la métropole, frappe en sourdine depuis le soir du jeudi de l'Absoute jusqu'au matin de la vigile de Pâques. Mais l'homme, instrument du temps, a passé par là avec sa pioche et sa civilisation, et la forêt-mère est tombée ; on n'a laissé survivre qu'une jeune génération incessamment décimée par les lois forestières ; et une haute et forte tour a été rasée, et un beau vieux couvent a disparu du sol et du souvenir, et une chaumine qui eut sa célébrité n'a pas laissé plus de trace que le couvent. La crue des terres a débordé sur le paysage, a exhaussé le site plainier aux dépens de la colline qu'elle a creusée.

Où se trouvent aujourd'hui, à deux lieues sud de Paris, les bois dits de Verrières, les châtaigneraies voisines du coteau de Malabry, le grand parc qui commande la grande sablière sise sur le territoire de Sceaux-Penthièvre, et les buissons, et les plaines cultivées qui couvrent ce canton de Sceaux, on voyait au seizième siècle une ombreuse forêt dont de rapides mouvemens du terrain ne discontinuaient pas l'épaisseur ; aucune dénomination unitaire n'individualisait son existence. On parcourait plusieurs lieues sans quitter l'abri de son dôme séculaire ; mais parce que plusieurs fiefs dépendant de Châtenay-les-Bagneux étaient dispersés dans son enceinte, son terrage, recevait de l'empire de ces fiefs des divisions nominatives, particulières ; circonstance qui ne dut pas peu contribuer à faciliter plus tard sa destruction.

C'est en 1557 :

Sur le site boisé commandé par les clochers de Bagneux et de Châtenay, passent de gros nuages qui portent avec eux la tempête et la nuit, bien que l'Angélus du soir n'eût point encore sonné et que l'on fût au mois de septembre ; l'atmosphère est pesante ; le feuillage des arbres est immobile ; les oiseaux, accablés par l'électricité, se taisent ; à cette heure du jour, où tout est bruit dans la nature, il se fait un silence mystérieux et menaçant.

Cependant, peu préoccupé en apparence des approches de l'orage annoncé par des symptômes si infaillibles, un moine marchait à grand pas sur les bruyères ; il avait le chef nu, son visage paraissait tout impressionné par une pensée évidemment terrestre, car une contraction méchante en décomposait les lignes ordinairement régulières et d'un beau dessin. Ce moine paraissait être de l'ordre ci-devant *franciscain*, devenu *cordelier* depuis que, sur l'indication du costume, Saint-Louis l'avait ainsi appelé.

Il s'arrêta sur la crête d'une colline dont le plateau, formant une clairière, portait un pauvre chaume, sans doute habitation d'un pauvre corvéable.

La petite porte de cette demeure était ouverte, le moine appela d'abord par trois fois d'une voix impérieuse :

« Jean Gabiou ? »

Et seulement au quatrième appel, un campagnard bûcheron, dans la force de l'âge, se présenta sur le seuil.

« Le Père Fra-Jéronimo ! » murmura le bûcheron avec respect, mais presque avec distraction.

« J'allais, maître Gabiou, prononcer l'absolution sur votre cabane, où je croyais la mort installée.

— Et moi, mon Père, j'achevais ma prière, tout épouvanté par l'orage qui va venir, et pour rappeler ma fille qui ne revient pas.

— Encore absente du logis! dit le moine, d'un ton de reproche.

— Elle va bien souvent où ses chèvres la conduisent.

— Et c'est à tort, Gabiou, elle occasionera des procédures à nos seigneurs de Saint-Germain-des-Prés, si les *sergens prairiers* des fiefs voisins la surprennent sur leur territoire.

— Oh! pas un d'eux, répliqua le bûcheron avec confiance, n'a la volonté de faire pleurer *Maguelone*, ni d'épouvanter ses chèvres.

— Mal peut advenir à la jeune chevrière, prenant confiance si loin de son logis.

— Dieu me la conserve, dit Jean Gabiou avec humilité; mais je n'entends ni sa voix, ni la

clochette de sa chèvre noire, ajouta-t-il d'un air
inquiet, en quittant le seuil de sa maison et prê-
tant l'oreille.

— Rien, dit le moine, aussi attentivement
écouteur que le bûcheron.

— Et pourtant, reprit celui-ci, il fait presque
nuit dans la forêt... le tonnerre va gronder... la
pluie va tomber...

— Mettez-vous en quête de votre fille, Gabiou,
interrompit le cordelier, avec une humeur de
plus en plus croissante; et dites-lui sévèrement
que mes Frères et moi nous sommes mécontens
de son service. Le lait de nos chèvres est donné
par elle à tous les manans de la contrée, et la
communauté en est privée; jours de jeûne, il
n'y a pas une petite mesure de lait dans le couvent..... Votre fille, Gabiou, est trop occupée
de ce monde, et des jeunes garçons qui y trom-
pent les jeunes filles... Jamais elle n'assiste à
nos offices; elle préfère l'église de Châtenay, où

il y a foule et caquetage... Je vous le dis, Gabiou, la chevrière Maguelone vous fera chasser de nos terres... »

La voix du jeune moine était devenue tremblante, son front s'était coloré d'un rouge vif, ses lèvres avaient pâli ; et le pauvre bûcheron, interdit, humilié pour son enfant, pour lui-même, épouvanté de la colère du cordelier, mandataire de son seigneur, le regardait d'un air suppliant, n'osait parler... Fra-Jéronimo, craignant peut-être de trop exprimer, ramena le capuce sur sa tête, croisa ses bras sur sa mosette, et d'une voix redevenue calme et grave, ne dit que ces mots en s'éloignant :

« Voici la pluie. »

Le cordelier avait déjà descendu la colline, et Gabiou, toujours immobile, écoutait encore la menace qui venait de lui être faite ; mais de larges gouttes d'eau tombèrent ; une brise du sud agita le feuillage, un éclair blanc illumina les

bois; un coup de tonnerre retentit au lointain ;
le bûcheron s'écria avec angoisse :

« Eh ! Maguelone ! »

Puis il s'élança dans sa cabane ; il y prit un
grand morceau de tiretaine brune ; aux braises
mourantes d'un âtre sur lequel se conservait,
dans un vase de terre, le souper de sa fille, il
alluma une bougie de résine qu'il assujettit dans
une lanterne en corne... Comme il sortait, une
grande chèvre noire accourut en bondissant
devant lui et faisant tinter sa clochette.

Gabiou poussa un cri de joie, car la chèvre
noire annonçait Maguelone, et de l'autre côté
de la clairière, Maguelone, sous la pluie, pressait le pas de son petit troupeau.

« Rentre vite, enfant ; rentre vite... j'aurai
soin de tes chèvres. »

L'enfant obéit ; son père fit rentrer dans la
petite étable en appentis, adossée contre la
chaumière, les cinq chèvres, propriété du

couvent ; il disposa les herbes du râtelier, la
litière ; et cela fait, il revint s'asseoir auprès de
sa fille, après avoir placé sa lanterne sur une
petite table mal ajustée. Encore tout pénétré
de l'anxiété qu'il avait ressentie, heureux d'en
voir dissiper la cause, il ne remarquait pas que
Maguelone paraissait anéantie sur l'escabeau qui
lui servait de siége.

Sans les délicats et parfaits contours du visage
de la jeune chevrière, on n'aurait pu se douter
en ce moment de sa ravissante beauté ; car la
lueur du flambeau de résine projetait sur sa
tête un reflet jaunâtre et des ombres mal cou-
pées.

« Souffres-tu ? » lui demanda le bûcheron,
s'apercevant enfin de son abattement et passant
doucement sa main large et calleuse sur le front
lis de la jeune fille.

« Tes cheveux sont mouillés, ta chair est
froide ; as-tu peur de l'orage ? Pourquoi l'avoir

attendu dans les bois?.... Maguelone, ma mie,
parle à ton père; crains-tu que le tonnerre
n'écrase notre chaumière? que la pluie n'y pé-
nètre?.. Dieu respecte le bien des moines... Notre
chaume est bon, la porte est bien close; Maguelone, petite fille; voyons, rassure-toi... » et il
attirait sa fille sur ses genoux.

Maguelone sourit tristement, céda avec
contrainte à la douce caresse de son père, resta
près de lui l'espace d'une minute, et alla se ras-
seoir en poussant un profond soupir.

« Sainte Vierge, ma fille, mais qu'avez-vous?
s'écria le bûcheron étonné.

— J'ai eu peur, répondit la chevrière d'une
voix glacée.

— Peur! — fit Gabiou sur un ton qui exprimait
tout ensemble l'incertitude, le chagrin et l'in-
crédulité.

— Oh! bien peur! mon père. » On voyait
bien qu'elle disait vrai.

« Un routier a voulu te voler une chèvre ?

— Non, pas cela.

— Le moine rouge a passé devant toi ?.... des loups fuyant l'orage ont couru devant ton troupeau ?

— Non, pas cela... Le sire de la *Bourcadière* m'est venu trouver.

— Le sire de la *Bourcadière !* s'écria le bûcheron, en joignant les mains ; puis, se rapprochant de sa fille, et l'examinant avec inquiétude : Comment la rencontre se fit-elle ?

— J'étais assise, et je chantais sous un chêne du terroir de *Vandetard*, répondit Maguelone, avec ingénuité.

— Pourquoi monter si haut dans la forêt ?.. répliqua le père, d'un ton de mécontentement. La feuille des arbres qui ombrent notre chaume est-elle moins tendre, moins nourrissante pour tes chèvres que les autres feuilles ? Je te le dis, petite fille ; il arrivera malheur au bûcheron,

parce que la chevrière va chanter trop loin de son
gîte..... Mais que t'a dit le sire de Bourcadière ?

—Rien : il m'a regardée; je n'ai vu que le noir
de sa prunelle, je n'ai senti que le feu de son regard : la grille de son casque cachait son visage.

— Écoute, Maguelone, satan parle mieux encore avec ses yeux qu'avec sa voix; à l'avenir,
tu retiendras ton troupeau sur les basses terres
de la forêt, à petite distance du couvent; là,
sont nos seigneurs, nos anges gardiens; et, dans
ce temps, il est de prudence de rester à l'ombre
du clocher seigneurial. »

La jeune fille jeta sur son père un regard
furtif, mais interrogateur, et ne dit mot.

« D'ailleurs, continua Gabiou, les Pères se
plaignent de nous.

—Ah! — fit Maguelone.

— Oui; ils assurent que la chevrière va distri-
buant le lait de leurs chèvres partout ailleurs
qu'au couvent...

I.   2

— Disent-ils cela ?.. ils n'auront point menti, car il m'est arrivé trois fois de traire mes chèvres pour soulager une pauvre vieille femme, tombée sous un faix de bois sec, et mourant de faim et de soif; et encore pour un gars de Châtenay, en quête de sa vache; il n'avait point mangé depuis le matin et nous étions au soir; quant au troisième dommage causé à la laiterie du couvent, un des moines en partagera la pénitence... Le supérieur Jéronimo m'a recontrée le jour de Saint-Barthélemy, sous les saules du grand étang, et il s'est agenouillé devant ma chèvre Jeanne la noire, dont il a bu le lait dans le creux de ma main... C'est depuis ce jour, — ajouta la jeune fille d'une voix contrainte, — que frère Lambert, le tourier, vient, à ma prière, chercher ici l'outre de la laiterie. » Disant ces derniers mots, Maguelone avait rougi.

Gabiou ne répondit rien; se leva, embrassa sa fille, puis il disposa, dans une petite écuelle en terre, le souper de son enfant.

L'orage était monté au zénith de la cabane
du bûcheron ; des torrens de pluie noyaient son
chaume, le vent faisait crier ses poteaux de sup-
port, et l'épouvantable fracas du tonnerre,
ébranlant le sol, pouvait détromper Gabiou de
cette croyance : que Dieu respectait le bien des
moines.

« Je ne mangerai pas, dit Maguelone toute
soucieuse. Je vais prier Marie, la Vierge, car
j'ai peur de ce grand bruit qui vient du
ciel. »

Dans la profondeur de la chaumière était
pratiquée, à l'aide d'une cloison légère, une
chambrette, asile de la chevrière ; elle s'y retira
et s'agenouilla sur le bord d'un encadrement en
bois, rempli de feuilles et de mousse : c'était
son lit.

Gabiou, lui aussi, devenu soucieux, avait
laissé sa fille s'éloigner ; s'était armé d'un
tranchet à deux manches, et, tout en grondant,

2..

s'était mis à découper, sur un morceau de hêtre, une forme de sabot.

Cette occupation ne put long-temps le distraire des pensées qui l'agitaient, car, peu de minutes écoulées, il jeta dans un coin le bois et l'instrument ; puis, éteignant la bougie de résine de sa lanterne, il laissa échapper avec un profond soupir ces deux mots :

« Bonsoir, Maguelone. »

Plus de deux heures après, Maguelone ne dormant pas, entendit son père qui murmurait, en s'agitant sur sa natte :

« Que la seigneurie relève du moine ou du gentilhomme, le pauvre serf y laisse toujours des gouttes de son sang, des larmes de ses yeux..... Chère petite Maguelone !.... bûcheron ! j'abas le bois qui les chauffe, nos seigneurs !.. mieux vaut la pioche qui les enterre... je me ferai fossoyeur. »

LE COUVENT ET LE MANOIR.

II

Les religieux de l'abbaye de Saint-Germain-des-Prés étaient encore, au seizième siècle, les plus gros seigneurs de Paris et de son diocèse. Les priviléges, immunités, honneurs et biens domaniaux, dont pouvait jouir cette imposante communauté, ressemblaient vraiment à un apanage royal.

L'abbé, par privilége des Papes, portait la mître, l'anneau, les sandales, la tunique et la dalmatique, ornemens pontificaux; il avait droit de bénédiction solennelle sur *son* peuple; et il est permis de croire que, de toutes ses générosités, celle-là était la plus fréquente, sinon la plus efficace; car le peuple du *Bourg-Saint-Germain*, misérable et souffreteux, ne rapportait au clapier que le pieux orgueil des bénédictions seigneuriales, manquant d'ailleurs du *pain* et du *sel*, dont il glanait les bribes sur les pas des moines mendians.

L'abbé de Saint-Germain-des-Prés possédait encore *extrà-muros*, par ordonnance du roi *Pepin*, le titre de seigneur des communes de Bagneux, Bourg-la-Reine, Sceaux, Châtenay, Verrières et Fontenay-aux-Roses, qui cepen-

dant étaient comprises au doyenné de Char-
tres.

En 1244, *Thomas de Mauléon*, abbé de
Saint-Germain-des-Prés, avait affranchi les habitans de Verrières et d'Antony ; mais les autres
communes, ci-dessus citées, restaient en 1557
dans l'apanage de la puissante abbaye qu'avait
fondée *Childebert*.

A cette même époque de 1557, dans la dépendance paroissiale de Fontenay-aux-Roses,
sur le territoire des *Vaux-Robert*, et au point
même où existe aujourd'hui un profond ravin,
que nous appelons la *Fosse-Bázin*, sans que
les archéologues ou les étymologistes nous aient
jamais fourni sur ce lieu un renseignement au-
thentique, il existait une bien vieille maison,
toute monumentale.

Le roi *Robert* y avait passé avec *Berthe*, assu-
raient les annalistes, sa dernière nuit de désobéissance à l'Église. Quelle avait été la destination

de l'édifice depuis que le royal excomunié l'avait consacré par un adieu de l'amour? on l'ignore. Toujours est-il, que dix années avant ce jour, où le moine Jéronimo s'arrêta grondeur, devant la cabane du bûcheron Gabiou, douze religieux de Saint-François, moines cordeliers, étaient venus y prendre gîte.

Ils arrivaient d'Espagne, où ils avaient vécu sous leur nom primitif de *Franciscains* : pauvres, et par une circonstance inconnue, mal recommandés à ceux de leur ordre; ils eurent à solliciter la pitié de *Valbomel*, alors abbé de Saint-Germain-des-Prés. Celui-ci leur accorda pour éventuelle résidence le domaine de Bâzin, et comme ils n'étaient point agrégés de l'Université, ni même [disciples de *Scot*, il leur permit d'occuper leur oisiveté par la surveillance de ses exploitations territoriales.

Dix ans écoulés, les cordeliers nouveaux venus avaient pris racine au milieu des ruines de

Bâzin. Ils rendaient compte à leur bienfaiteur, mais dans les termes combinés d'envahissement et de réserve, qui résultent de l'esprit monacal, et la contrée avait fini par les considérer moins comme *procuratores* que comme maîtres.

En 1557, la communauté était réduite à neuf individus; l'un des trois décédés avait été secrétaire, à Rome, du cardinal *Valentin* (César Borgia, fils du Pape); c'est à son instigation que ce prélat, ennemi des Français, et plus particulièrement du roi Charles VIII de France, avait osé faire à ce monarque une de ces mystifications tellement audacieuses et triviales, que l'histoire répugnerait à les consigner, si elles ne servaient à caractériser la physionomie intime des hommes désignés par le sort pour jouer un grand rôle sur la scène du monde.

Frère Cyprien, ce secrétaire du cardinal Valentin, avait dit à son maître que, plus l'injure à Charles VIII serait grave et inusitée, plus l'impunité qui lui était assurée servirait à constater la prééminence du pontificat romain sur les puissances de la terre. Pourquoi le cordelier tenait si fort à formuler cette preuve? c'est qu'à l'entrée des Français dans Rome, à la suite de leur roi, ceux-ci s'étaient un instant hébergés à leur manière, forçant çà et là des maisons, mettant dehors hommes et bêtes, ne gardant que les jolies femmes et les jeunes filles, mangeant et buvant sans rien payer, et courant sus à quelques moines, dont la robe en pays romain leur paraissait un plus grotesque costume qu'il ne leur aurait semblé en France. Dans cette chasse, frère Cyprien avait été insulté et battu; et, à la cérémonie du baisement du pied du Pape, un archer de la garde du roi avait trouvé convenable autant que plaisant de faire baiser le talon de sa botte à plusieurs serviteurs de l'Église; un coup de bois de lance sur le dos de Cyprien l'avait déterminé à cet acte d'impure adoration.

Aussi, lorsque le 28 janvier 1494, César Borgia témoigna à son confident toute la répugnance qu'il éprouvait à suivre Charles VIII à la conquête de Naples, le confident n'eut-il rien de plus agréable que de proposer au cardinal le ridicule expédient d'une fuite subite, dès la première marche; quant aux fourgons portant le bagage, leur perte serait un léger dommage, puisqu'ils ne contiendraient que *de la terre.*

Ainsi avait dit le cordelier Cyprien, ainsi avait été fait. Alexandre VI, en bon père, ferma les yeux sur la faute de son fils, envoya porter ses excuses au roi par *Sutrino,* son secrétaire, et Barthélemy, évêque de *Népi.* Le secrétaire du cardinal Valentin fut dénoncé par son maître à la colère du Pape, et, pour éviter un trop long séjour dans les cachots du château Saint-Ange, il s'enfuit de Rome, émigra de l'Italie, vint en Espagne..... Dieu avait permis qu'il mourût chef de la communauté installée en la maison Bâzin, par l'abbé de Saint-Germain-des-Prés.

Le dernier vœu de ce saint homme avait été que Fra - Jéronimo, le plus jeune de ses religieux, lui succédât dans la direction et le commandement de son pieux troupeau; la raison de cette préférence, il l'avait trouvée dans l'exemple des sentimens paternels qui autorisèrent le pape Alexandre VI à créer son fils cardinal.

Ce que pouvait faire l'élève, le favori, le successeur de Cyprien : cette histoire le dira. Ce qu'il promettait de faire? il était difficile de le prévoir, parce que ce jeune moine était doué ou affligé d'un caractère d'instantanéité tout étranger aux habitudes des cloîtres. Comme ceux de sa robe, il avait au plus haut degré le sentiment de la volonté ; mais il voulait, à la manière des hommes qu'une profession libre ou une position

élevée dispensent de temporisation et de faux-
fuyant ; il voulait tout de suite, il le disait tout
haut. Peu instruit, il méprisait la science ; peu
contemplatif, il souffrait du silence du couvent,
et dans des marches lointaines à travers les bois,
il occupait une énergie physique, d'autant plus
incessante, que les macérations pieuses ou les
travaux de l'intelligence n'en n'absorbaient rien.

Fra - Jéronimo, le cordelier, aurait été le
meilleur des archers ; il était le moins fervent
des moines.

Voulant laisser la nature morale de ce personnage se manifester et se développer dans le
drame avec l'indépendance et l'inattendu qui lui
sont propres, je m'abstiendrai de l'analyser et
de représenter dans une attitude conventionnelle
un homme dont l'allure indéterminée prenait du
repos ou de l'élan, sans consulter les convenances
d'état ni la règle. Il fallait toutefois en dire assez pour expliquer ce moine qui s'était age-

nouillé devant une chèvre noire, et avait bu le lait dans la main de la chevrière.

Du second étage de la maison Bâzin, on pouvait apercevoir, au sud, le sommet d'un donjon dont la masse, au ton couleur grisâtre, tranchait sur le fond vert des bois :

C'était la tour de la Bourcadière.

Elle avait vingt-deux pieds carrés ; les murs, en dedans de son œuvre, avaient d'épaisseur neuf pieds par bas, six et trois par haut ; son comble était de charpenterie, couvert en ardoises et en plomb, et garni de mardelles et allées au pourtour. Construite pour le besoin des guerres d'invasions et des guerres féodales, calamités des premiers siècles de notre monarchie, la tour n'aurait pu d'ailleurs opposer à une sérieuse attaque qu'une résistance de courte durée, car il manquait à sa construction, bien que massive, l'avantage du terrain, et beaucoup d'accessoires dès ce temps-là inventés par le génie *obsidional*. A l'un des flancs de l'édifice était soudé un petit manoir de chétive apparence, quant aux développemens de l'architecture, mais imposant par la vétusté de ses sombres murailles. Et ce qui, plus que la tour et le castel, aurait donné à réfléchir à l'archéologue et à l'antiquaire, c'est un monument placé en sentinelle avancée sur le front nord de ce pâté de maçonnerie. J'ai vu dans le département de la Manche une *cheminée de Quineville* en tout semblable, n'eût été l'élévation, à ce léger et pittoresque monument.

Sa base avait dix pieds de hauteur jusqu'à un soubassement de colonne; elle était construite en pierres calcaires, dans le genre de l'*opus reticulatum* des Romains; l'intérieur circulaire s'arrondissait en voûte, ouverte dans son milieu; sa circonférence était de vingt-cinq pieds près du sol, et n'en n'avait plus que seize au soubassement qui supportait la colonne; au sommet de

cette colonne était un entablement d'ordre cor-
rinthien et toscan, surmonté d'un dôme orné de
douze colonnettes , et couvert par un toit en
forme de cône.

Il était permis de supposer que ce monument
avait servi de *recluserie,* ainsi qu'on avait l'usage
d'en construire en France et en Italie, afin de
donner un infranchissable asile à des pécheurs
repentans.

Il paraît certain que les Romains élevèrent la
tour de *Quineville* comme monument funéraire,
lors de l'expédition de *Q. Titurius Sabinus,* un
des lieutenans de César. J'ai long-temps cherché
l'origine du manoir de la Bourcadière, de sa tour
et de sa tourelle; je ne l'ai point trouvée.

Deux témoignages historiques ont seuls été
offerts à ma pénible exploration, l'un appartient
au treizième siècle, l'autre au quinzième; les
voici :

Saint-Louis, revenant d'Orléans à Paris pen-

dant sa minorité, fut averti que Philippe, comte
de Bourgogne, qui faisait le guet à Corbeil, devait le faire enlever sur la route; il se jeta dans
les bois au-dessous de Châtres (aujourd'hui
Lonjumeau), et vint demander asile derrière les
fossés de la Bourcadière. Après deux jours de
repos, il retourna sur ses pas, se réfugia dans
le château de Bruyères, où il resta jusqu'à ce que
les habitans de Paris vinssent l'y chercher.

L'avant-veille de la bataille de *Mont-le-
Héry* (1465), Louis XI avait dit à une Cécile de
la Bourcadière qui lui versait à boire :

« Je me recommande à vous tant que je puis,
car chance de bataille dit chance de mort; et si
le comte *de Charolois* y périt, ce que Dieu
veuille, je jure Dieu que ce petit castel deviendra, aux frais de mon épargne, haute et vaste
châtellenie. »

Cécile de la Bourcadière était jeune et belle,
assure la chronique; il y avait bien des raisons

3..

pour que Louis XI tînt sa parole. Mais en cette bataille de Mont-le-Héry, où les champions ne s'approchèrent qu'à contre-cœur, le comte de Charolois ne perdit point la vie ; mieux que cela, le champ de bataille lui resta. C'en était assez pour que Louis se crût relevé de son vœu, et dispensé de desserrer les rudes cordons de son escarcelle.

Donc, l'habitation de la Bourcadière ne reçut point d'agrandissement, et les quatre cent soixante-dix pieds carrés qu'enveloppait le fossé suffirent pour contenir le castel et la tour, maintenus dans leur dimension primitive. A quel degré de noblesse et d'importance politique était parvenu le propriétaire de ce domaine en 1558, quelle était son attitude, quel était son entourage ? il est utile de le dire ici.

Antoine de la Bourcadière, contemporain du drame qui va se développer sous les yeux du lecteur, avait long-temps fait la guerre sous François Ier, puis, en dernier lieu, s'était attaché au service de Claude de Lorraine, premier duc de Guise, depuis l'arrivée de ce seigneur en France. Rien d'héroïque dans sa vie, qui comptait déjà soixante années ; je veux dire que de tous les coups portés par lui, nul n'avait tranché tête de prince ou de général, pour établir sa renommée : il n'avait point enfoncé de bataillons, comme firent Bayard, Chabanne la Palice, et beaucoup d'autres chevaliers de ce temps ; mais, du reste, Antoine de la Bourcadière avait été un brave homme d'armes, un féal gentilhomme ; il était de ceux qui entrèrent dans *Saluces* à la suite de François Ier, et à la poursuite du connétable de Bourbon ; jour de Saint-Mathias, 24 février 1524, heure de midi, il avait été fait prisonnier avec le roi, et à ses côtés, étant du petit nombre des cavaliers de M. d'Alençon, qui purent, courant à toute bride, venir se ruer sur les gendarmes du connétable, et

tomber morts ou prisonniers sous les yeux du
monarque.

Cette époque de désastres pour les armes de
France avait cependant fourni l'occasion au preux
la Bourcadière de meubler sa tête de mille souvenirs, dont les récits n'étaient pas sans charmes.
Souvenirs de captivité, mais de la captivité
auprès d'un roi que son vainqueur affectait de
bercer dans les plaisirs.

Rentré en France avec son maître, en 1526,
sans plus de titres ni d'or que devant, mais avec la
haute estime de toute l'armée et des courtisans
qui avaient ouï conter à leur prince la fidélité et
vaillance du compagnon de son infortune, il était
demeuré deux ans sans emploi, jusqu'à ce que, la
terre de Guise étant érigée en duché-pairie, au
grand mécontentement des Parlemens, Claude
de Lorraine, objet de cette riche investiture, se
montât une maison de gentilshommes bien famés
et bien regardés par le roi. Antoine de la Bour-

cadière fut choisi par le nouveau duc de Guise.
Toutefois, cette charge qui lui permettait
l'entrée du royal hôtel des Tournelles, laissait à son esprit peu entreprenant le loisir de
s'occuper des soins de la vie domestique, soins
plus chers à son cœur que ceux prescrits par l'é-
tiquette des cours et l'arrogance des grands.

L'existence privée du baron se résumait tout
entière dans sa sollicitude pour un fils unique
venu au monde à l'heure même où mourait sa
mère. Timoléon de la Bourcadière, en 1557, avait
dix-huit ans; il aurait fait un page de bonne mine,
mais le modique patrimoine de son père avait
empêché son imagination de franchir les limites
des bois qui ombraient le modeste manoir. De
haute et fine taille, avec un noble et gracieux
visage, ce jeune homme n'avait aucune des attitudes hardies qui distinguaient la jeune noblesse
de ce temps. Il maniait bien un cheval; son bras,
quoique délicat, balançait avec adresse et rapi-

dité une épée de bataille; il montait à la cime des chênes de la forêt, il plongeait au plus profond des étangs avec une égale hardiesse ; mais revenu sous le vaste manteau de la cheminée où se formait le petit cercle de famille, il redevenait aussitôt un timide enfant. Il pensait bien, mais n'exprimait pas, il avait peur de mal dire ; non que jamais un injuste et dur traitement eût paralysé l'essor de son intelligence ; c'était chez lui le sentiment intime d'une fierté qu'il ne pouvait analyser, d'une fierté blessée par la médiocrité de la fortune.

Jusqu'à l'âge de dix ans, il n'avait entendu qu'une seule voix qui parlât haut dans le manoir : c'était la voix de son père.

En 1548, le baron de la Bourcadière avait été envoyé en Écosse, de compagnie avec plusieurs seigneurs, afin d'en ramener la jeune Marie Stuart que Claude de Guise, son grand-père du côté maternel, voulait arracher aux dangers de la guerre civile, et au mariage projeté avec Édouard d'Angleterre, fils de Henri VIII. A Édimbourg, le baron retrouva une sœur; elle était veuve, et l'une des gouvernantes de la jeune reine d'Écosse. Elle suivit son élève; mais, inhabile à se maintenir au milieu des tracasseries de la cour de France, elle se retira sous le toit de son frère. Son influence ne contribua pas peu à retenir dans des habitudes réservées et timides le jeune Timoléon. Il causait à sa tante de doux émerveillemens lorsqu'elle le voyait assis à ses côtés dans l'église de Châtenay, priant Dieu avec autant d'assiduité et de ferveur que s'il n'y eût pas eu sous le porche un troupeau de jolies filles prêtes à recueillir un de ses regards, à sourire à son premier sourire.

Toutefois, cet état d'innocence, que les raffinés de Paris auraient insulté de leurs mépris, subit, dès le commencement de l'année 1557, une légère altération.

TÉNÈBRES ET LUMIÈRE.

III

Le plus grand plaisir que l'on put faire à la
petite reine d'Écosse, c'était de la conduire au
castel de la Bourçadière, où sa bonté naïve et
sa pieuse reconnaissance trouvaient à se satis-

faire auprès de dame Marguerite de Melborne, son ancienne gouvernante. Trois ou quatre fois l'an, Marie Stuart faisait ce voyage, assise sur une haquenée richement caparaçonnée, et en croupe derrière une des filles d'honneur de la reine Catherine de Médicis. Une nombreuse escorte protégeait contre les mauvaises rencontres la royale voyageuse, et servait aussi à troubler le calme, l'économie, qui régnaient d'ordinaire dans la demeure du sire de la Bourcadière.

A peine Marie avait-elle quitté le coussinet de sa monture, elle oubliait le sérieux qui lui était imposé dans l'hôtel des Tournelles, et, vive et enjouée, elle racontait à la dame de Melborne, à Timoléon, à son père, tout ce qu'elle avait entendu, tout ce qu'elle avait vu, tout ce qu'elle avait appris depuis son dernier voyage. C'étaient des récits de fêtes, de tournois et d'aventures, où, plus que de raison, et sans qu'elle le comprît elle-même, figuraient parfois les bons mots des courtisans et les amourettes des grandes dames ; puis elle récitait des vers de *MM. de Maison-Fleur, Ronsard* et *Saint-Gelais* ; puis, riant de la naïve ignorance de Timoléon qui, en digne gentilhomme campagnard, savait lire et signer son nom, elle lui adressait de longues phrases latines dont il aurait bien rougi, le bon jeune homme, s'il les eût comprises, car elles disaient que le noir de ses yeux, le brun de sa peau, la dignité de sa physionomie, l'élégance de sa taille, demandaient de lui, plutôt les vertus brillantes d'un héros de tournois, que l'insignifiance d'un obscur habitant des forêts.

Il n'y avait là personne pour traduire cette latinité hardie et dangereuse, et Timoléon ouvrait sur la savante Marie ses grands yeux froids, et Marie, comme tous les enfans des grands qui perdent l'innocence de l'idée, de bonne heure, bien avant de perdre l'innocence du fait, riait aux larmes, voyant le froid de ce regard, si étrangement répondre à la chaleur de ses paroles.

Une circonstance toute simple fit tout-à-coup cesser l'inconséquence de ces jeux d'esprit, et fit naître une expression grave sur le radieux visage de la reine d'Écosse.

Marie était l'enfant gâté de la cour de Henri II; elle seule parvenait à y inspirer un rire sincère et bienveillant ; ses espiègleries , ses saillies, trouvaient grâce devant la morosité de plus en plus despotique du roi, — inquiet de tous ces Guises, qui dressaient leur tête plus haut que le dais de son trône. Incessamment obsédé par les intrigues échangées entre Catherine de Médicis et la duchesse de Valentinois, entre les catholiques et ceux de la réforme, Henri II laissait faire aux folles imaginatives d'une enfant si spirituelle et si vive que l'était Marie.

Et la jeune princesse profitait de son mieux de l'auguste tolérance ; il n'y avait pas jus-

qu'aux travestissemens qu'elle n'employât pour
exciter la curiosité, les applaudissemens de cette
cour voluptueuse, et dérider le front soucieux
du maître. Celui de ces travestissemens sous lequel elle produisit le plus d'effet, la représentait
en montagnarde écossaise. La demi-nudité de ce
costume pittoresque, elle en dissimulait l'inconvénient par sa charmante ingénuité ; et
telle fut la joie que lui causèrent les *vivat!* du
roi, de la reine, des princes et des seigneurs,
que l'un des derniers jours de l'année 1557, étant
arrivée dans le manoir de la Bourcadière, enve-
loppée dans un grand plaid brun, elle le laissa
tomber devant la dame de Melborne, et apparut Écossaise, les bras, les jambes nus, la poitrine *aérée*, ravissante à voir ainsi avec ses grâces de quatorze ans.... Timoléon, comme s'il
eût été piqué sur les prunelles, ferma les yeux,
tressaillit, un rouge vif empourpra ses joues,
et, cédant à un instinct d'exquise délicatesse,

I.   4

il saisit le manteau de bataille de son père, s'approcha de Marie, et l'enveloppa dans les plis de l'épaisse et noire étoffe, sans dire un mot. Cela fait, il se recula ; son visage paraissait calme, mais sa lèvre était dédaigneuse, mais sa poitrine respirait péniblement.

« Pourquoi cette action ? » demanda la jeune reine d'une voix singulièrement vibrante, et en retenant le manteau sur ses épaules.

Timoléon ne répondit point.

« Marguerite, ai-je mal fait ? » ajouta Marie, en se retournant, décontenancée et tremblante, vers sa gouvernante.

La dame de Melborne jeta sur son neveu un regard mécontent ; lui, alors, fit un pas en avant, s'agenouilla, et dit à la reine avec émotion :

« Faites-moi punir si j'ai péché par irrévérence.... mais je n'ai pu voir, dame Marie la Vierge, dont vous êtes la belle image, immodestement parée ainsi que pourrait l'être une dame de Valentinois. »

L'intelligence était venue et à Marie d'Écosse et à Timoléon de la Bourcadière.

« Faut-il attendre un châtiment ou me relever? » demanda le jeune homme.

Marie se prit à pleurer.

« Relevez-vous, mon neveu, dit la dame de Melborne avec sévérité, et allez pourvoir à ce que les gens de la reine se disposent à partir aussitôt. »

Pas plus tard que le surlendemain de cette scène, le sire de la Bourcadière, revenant de Paris, dit à son fils :

« Allons, jeune faon, il faut braver tout d'un coup la foule et le bruit, passer brusquement de l'obscurité de nos bois à l'éclat des lumières du Louvre ou des Tournelles.... Voilà que monseigneur François de Lorraine vous demande ; vous serez l'un de ses pages, ne pouvant mieux faire.

4..

— Moi, mon père ! — fit le jeune homme avec insouciance.

— Et, par forme d'épreuve, vous tiendrez dimanche compagnie à votre nouveau seigneur, dans une visite de cérémonie aux Tournelles.

— Vraiment! — » fit Timoléon, avec une expression marquée d'attente et de joie.

L'altier François de Lorraine avait, en effet, daigné se souvenir du premier écuyer de son père, et il l'avait bienveillamment encouragé à se rattacher, par quelqu'un des siens, à la maison de Guise. C'était le moment ; François de Guise devenait nécessaire à la France. Après la perte de la bataille de Saint-Quentin, où furent pris le connétable Anne de Montmorency et le maréchal de Saint-André, il avait été rappelé d'Italie pour être nommé lieutenant-général du royaume. En cette qualité, et sans coup-férir, il venait de reprendre *Calais*, qui, depuis 1347, était au pouvoir des Anglais.

La grande réception projetée à la cour avait pour but de faire honneur à ce grand capitaine.

J'ai l'habitude d'attacher plus d'importance à la physionomie des faits et des hommes, qu'à la description des lieux et des costumes; je sonde, autant qu'il est en moi, la philosophie de l'histoire, mais j'évite de fabriquer les étoffes du temps passé; assez de *tapissiers et costumiers historiques* se sont occupés de ce travail, qu'ils ont appelé *couleur locale*. J'épargnerai donc à mes lecteurs l'inventaire des tentures et des habits qui brillaient aux lumières des Tournelles le soir où le lieutenant-général du royaume, François de Lorraine, vint recevoir les félicitations de son roi, ayant derrière lui, au nombre de ses pages, Timoléon de la Bourcadière.

L'entrée du *Lorrain*, comme l'appelait M. de Châtillon (Coligny), fut vraiment triomphante. Sa suite et lui montèrent la galerie, — les dames, les courtisans faisant la haie, — et ne s'arrêtèrent qu'à distance respectueuse d'un groupe isolé. Ce groupe était composé de tout ce qui excitait alors l'amour, la crainte, la haine, ou l'espoir de la France : c'étaient Henri II, Catherine de Médicis, Mme de Valentinois, l'amiral de Châtillon, le prince de Condé, le duc d'Orléans (Charles IX), le duc d'Anjou (Henri III), et, près de la blonde Marie Stuart, François (dauphin), à la taille élancée et mal soutenue, au visage d'un blanc mat et blafard, à la physionomie paresseuse, ennuyée et tout empreinte d'une mortalité précoce.

Les premiers complimens échangés, l'étiquette laissa fléchir son exigence, la foule s'éparpilla dans la galerie, et la reine d'Écosse allant, vive et curieuse, de l'un à l'autre, aperçut, dans l'embrasure d'une croisée, les yeux intimidés du neveu de son ancienne gouvernante. Elle marcha droit à lui ; sur sa petite bouche,

aux lèvres de corail, elle laissa errer un sourire
plein de finesse, et, à demi-voix, dit ces mots :

« Costume de page m'est plus agréable à voir
que jamais ne le sera, pour moi, le *Jupenne* de
l'Écossaise.

— Ah! *Madame......* murmura le page de
Guise, en perdant tout-à-fait contenance.

— Et dame Marguerite, reprit Marie avec
enjouement, ne viendra-t-elle jamais en la grande
ville?... Répondez donc, — ajouta-t-elle, impa-
tientée du silence de Timoléon, — un mot, un
seul, que je vous entende, ou je croirai que pour
plaire à vos yeux il me faudra revêtir encore le
manteau de guerre de votre père.... »

Le page de Guise releva sa paupière, arrêta sa
chaude prunelle sur l'adorable regard de l'enfant qui parlait; mais lui, ne parla pas.

« Mon oncle! mon oncle! — s'écria Marie, plus
haut qu'elle ne l'aurait voulu, et en saisissant le
bras de François de Lorraine qui passait devant

cette fenêtre; — venez dire à ce page d'écouter les paroles de votre nièce.... Mon bon oncle, reprit-elle avec une voix enfantine et carressante, ce page porte vos couleurs, il est à vous; c'est aussi le neveu de la dame de Melborne, qui, au pays d'Écosse, fut ma gouvernante... Pour l'amour de moi, faites avant peu chausser les éperons à ce fils d'un brave serviteur de votre maison. »

La prière était expressive, la bouche qui la prononçait était séduisante; mais la voix de Marie était haletante, mais sa jeune poitrine se soulevait et trahissait une intime émotion; à ce point, que Mme de Valentinois, venue là comme par hasard, dit avec amertume à la reine d'Écosse :

« Encore faudra-t-il, gentille reine, que Mgr. de Guise prenne son temps et la volonté du roi, pour élever ce page à hauteur de vos souhaits.

— Affaire de temps fut toujours pour moi

de peu d'importance... répliqua l'altier François de Lorraine. A la manière dont j'emploie les heures pour le service du roi, je n'ai le loisir de les compter... et quant aux dires de femmes, je n'ai le désir de les entendre. » Il tourna les talons, et avec si peu de courtoisie, que la molette de l'éperon tinta fortement sur la mosaïque du parquet.

La brusque issue de cette conversation devait être inexplicable pour Timoléon, mais Marie se l'expliquait parfaitement; elle joua l'indifférence, sourit à Mᵐᵉ de Valentinois, et s'éloigna avec elle, sans jeter un seul coup-d'œil sur ce page, qu'elle voulait faire écuyer.

L'AMI DES LA BOURCADIÈRE.

IV

Quel ne fut pas l'étonnement du baron de la Bourcadière, lorsque mandé, le lendemain de cette soirée, auprès du lieutenant-général du royaume, il trouva celui-ci dans une intolérable disposition de mauvaise humeur contre les la Bourcadière passés et présens.

« Viens çà, méchant *restre*, cria-t-il au digne gentilhomme en le voyant approcher.

— Monseigneur ? — fit le baron, tout aveuglé par cette insolente apostrophe.

— Bah ! la parole des Guise, t'est bien connue, » reprit François de Lorraine, en souriant de la colère qu'il faisait naître. « Tu sais par cœur toutes les devises et tous les jurons de ma famille ; viens çà, donc, et réponds-moi : pourquoi t'ai-je demandé ton fils ?.. pour en faire, sous mes ordres, un brave écuyer comme toi, et, si faire se peut, si Dieu le veut, un brave capitaine comme moi ?.... Par ces raisons, ton fils ne me convient plus. »

Le baron de la Bourcadière tressaillit de tous ses membres ; il crut d'abord avoir mal entendu, bégaya quelques mots, puis essuya deux grosses larmes qui venaient de jaillir de ses yeux sur sa barbe grise.

« Mon fils ne vous convient pas, Monsei-

gneur !.. dit-il enfin avec angoisse. Mais le pur
et brave enfant a dans le sang l'amour du nom
de Guise... Il aura fait parade en costume de
page, la durée d'une nuit de bal, et il ne vous
conviendra plus !.. Mais, je le jure par la ville
de Calais que vous venez de rendre à la France,
François de Guise ne se connaît plus en page,
si Timoléon est chassé de son service... Voyons,
Monseigneur, ceci est trop amer pour être une
plaisanterie ; vous n'avez point éprouvé mon
fils... Faites demander dans vos écuries la plus
acariâtre de vos haquenées, le plus fier de
vos coursiers, vous verrez si Timoléon ne lui fait
pas monter et descendre au galop l'escalier de
la Sainte-Chapelle... J'aperçois, là, suspendue
au lambris, la vaillante épée qui vous servit à
défaire le baron de *Doné ;* confiez ce noble
glaive à mon fils, et vous frémirez pour la tête
de votre meilleur écuyer, si vous la placez, dé-
fendue fût-ce par un épieu, à portée du bras de

mon enfant... Par pitié, Monseigneur, par révérence pour le nom de votre père, qui m'aimait!.. faites épreuve de votre page et ne le chassez pas ainsi ! »

Le baron était ensemble colère et désolé, ses yeux étaient humides de larmes et supplians, tandis que sa main contractée tourmentait la poignée de son épée.

François de Lorraine le regardait du coin de l'œil, le laissait dire tout au long, et, silencieux, mâchait un cure-dents, comme aurait fait l'amiral de Coligny.... sans doute afin de tourner en dérision cette manie de l'amiral.

Remarquant que la pénible oppression du baron de la Bourcadière lui coupait la parole.

« As-tu fini, Baron; m'as-tu conté la dernière de tes folies? Par la dame, dont je porte si fidèlement les couleurs, qui t'a dit que ton fils ne sût manier ni un cheval ni une épée, et ne fût pas en tout digne de toi et de moi?.. Il est trop brave, voilà son défaut; ses yeux sont trop noirs, sa taille trop souple et sa physionomie trop avenante... voilà tous ses défauts. Veux-tu, dis-moi, qu'à cause de tout cela je me fâche sérieusement avec le roi, ce vieux jaloux de Montmorency et *notre belle mère* (*) Mme de Valentinois ne s'emploie déjà que trop à parfaire cette brouille... et ce matin j'ai cru que ton fils en deviendrait le prétexte...

— Mon fils! Monseigneur!.. Je ne comprends plus rien.....

— Soyons bref... Mme de Valentinois, qui se connaît en amour, a dit que la reine d'Écosse parlait à mon nouveau page d'une façon dangereuse... là-dessus, Henri, notre roi, que Dieu

---

(*) François de Lorraine, ennemi personnel de Diane de Poitiers, la désignait, dans ses momens d'humeur, sous le titre de *notre belle mère*, pour faire allusion à l'amour passager qu'avait eu pour elle François Ier, père de Henri II.

conserve, s'est signé trois fois, car *notre belle mère* avait traîtreusement affirmé que ton fils était huguenot, et comme François, dauphin, doit épouser Marie d'Écosse, le roi ne veut pas qu'il y ait alliance entre les religions : est-ce compris ?..

— Timoléon, mon fils, porter ombrage au dauphin de France !.. dit le baron de la Bourcadière en joignant ses mains.

— Le Dauphin de France, Baron, est exposé aux traverses humaines aussi-bien que le plus mal chanceux des marguilliers de Paris ; l'essentiel, c'est que la calamité ne lui advienne pas par le fait d'un de mes pages ; ainsi, crois-moi, reprends ton fils en ton logis jusqu'après consommation des noces de la gentille Marie. Lorsqu'une fois elle sera dauphine de France, je saurai bien te redemander le malin varlet, né d'un si bon sang que le tien. Emploie le temps de ce retard à perfectionner le dressement de ce jeune homme. L'hôtel de Guise lui offrira un toit protecteur, je te le jure ; et François de Guise, Baron, sera toujours l'ami des la Bourcadière. Ai-je bien dit ? »

Et le geste qui accompagnait cette question annonçait que l'entrevue devait finir là.

La dame de Melborne ne s'étonna que faiblement de la décision du duc de Guise ; elle en approuva la prudence, et, tout en calmant l'irritation qu'en ressentait le baron contre son fils, elle insista sur le danger qu'il y aurait à exciter les défiances du roi, la malveillance de Diane de Poitiers et la jalousie du dauphin. Les sensations de Timoléon n'étaient encore, disait-elle, qu'à demi-éveillées ; il serait facile de les assoupir et de les maintenir dans le calme de leur première ignorance. La digne tante se chargeait de prendre ce soin, et indiquait, comme moyen infaillible de réussite, un peu plus d'assiduité dans les pratiques religieuses. Le baron ne contredit pas hautement cette idée, mais se promit tacitement d'ajouter à son influence un procédé en rapport direct avec la nature même du fait qu'il voulait empêcher.

Jugeant que tout provient parmi les hommes des nécessités du corps, et que ces besoins corporels sont l'objet le plus certain des amours les plus vantés, croyant en outre que l'effet des yeux noirs de son fils sur Marie Stuart, ainsi que l'avait dit François de Guise, révélait chez Timoléon l'instinctive volonté de participer à toutes les peines, à toutes les joies de la vie, le sire de la Bourcadière résolut d'opposer, à la déraison d'une passion fantastique et périlleuse, l'attrait d'un plaisir réel ; à l'insaisissable image d'une reine, la séduisante possession d'une vassale dont la beauté rehausserait le prix.

Tout commentaire sur le mérite de cette étrange sollicitude devient inutile : le projet du vieux gentilhomme aurait résulté des mœurs de son époque, quand il n'y aurait pas eu pour lui donner naissance la manière, tout indépendante, avec laquelle les hommes de guerre traitaient les questions qui se rattachaient aux passions privées et aux affections du cœur.

Ainsi, tandis que Marguerite de Melborne, revenant certain soir, de Châtenay, où elle avait entendu vêpres, suivait un sentier de la forêt aboutissant au castel de son frère, et malgré l'orage qui menaçait, ralentissait le pas de sa mule, afin de raconter sans fatigue, à son neveu, marchant à ses côtés, l'utilité de l'excommunication du roi Robert, le baron s'arrêtait, observateur silencieux, devant Maguelone, la chevrière, murmurait en s'éloignant de la jeune fille épouvantée :

« Nous verrons bien si, pour mon repos, la sûreté et l'avenir de mon fils, mieux ne vaut posséder cette Maguelone que rêver de Marie d'Écosse. »

LE BIEN DE CÉSAR.

V

Maguelone était bien véritablement la plus
jolie jeune fille que convoitise pût imaginer :
nature avait tant fait pour elle, que, malgré
les durs travaux imposés à sa pauvre condition,

malgré la bure, malgré la misère, elle avait
conservé fine taille, petites mains, petits pieds,
délicat visage, et, mieux que tout cela, dans l'ensemble de sa personne, un caractère de dignité,
de candeur et d'élégance, dont la puissance, si
rare et toute magique, est un don immédiat du
Ciel. Parfois ce don est accordé à l'une des in-
dividualités d'une caste infime, souffreteuse,
comme afin d'aider à croire à l'équité de la
Providence dans la distribution de ses faveurs;
comme afin de donner un démenti à l'orgueil-
leuse prétention des castes privilégiées par la
naissance et la fortune. Mais plus la fleur est
délicate et jolie, plus vite elle est lacérée, étouf-
fée, si elle est née au milieu des âpres et incultes
végétations des forêts.

Maguelone, fille d'un soldat devenu bûcheron, pauvre chevrière, devait facilement déchi-
rer sa vie aux ronces des bois qui abritaient la
solitaire cabane de son père. Elle avait seize ans

accomplis, lorsque le moine Jéronimo intimida sa pudeur en la forçant de lui présenter sa main pour y boire le lait de sa chèvre, lorsque le baron de la Bourcadière lui apparut sur le terroir de Vandetard; elle n'avait encore souffert que de l'intempérie des saisons à laquelle l'exposait son indigence; elle ne connaissait encore que deux peurs, celle des loups, celle du tonnerre.

Gabiou venait, heure de midi, d'achever sa dînée, et, la hache sur l'épaule, allait fermer sa demeure, lorsqu'il entendit bruir violemment la feuillée et retentir sur le sol gazonneux, un pas lourd et mesuré; il attendit. Bientôt se laissa voir, à l'extrémité d'un sentier, un cavalier dont le sévère équipage, tout chargé de fer poli et d'acier, annonçait un homme de guerre plutôt du dernier règne, que de celui de Henri II.

Le cavalier marcha droit au bûcheron, mit pied à terre, attacha son cheval à la branche d'un chêne, et, sans plus de façon, s'assit sur un gros tronc d'arbre renversé.

« Or ça, manant, dit-il avec l'aplomb d'un gentilhomme, nous avons à causer; me connais-tu?

— J'ai tant vu d'archers de la garde du roi François, que, dans votre costume, Messire, je pourrais bien reconnaître un ci-devant capitaine....

— Et baron, maître, et baron, si ce titre ne te paraît pas trop rude à prononcer. Tu as dû recevoir, de ma part, les vingt-sept sous, prix convenu pour les cinq paires de sabots dont j'ai gratifié les palefreniers de mon écurie?

— Le sire de la Bourcadière! » dit Gabiou en déposant sa hache qui n'avait pas quitté son épaule.

« Nous voilà donc gens de connaissance, répliqua le baron. Tu étais, ainsi que moi, à la chaude bataille de Pavie, je le sais; c'est à la

suite de ce combat que ta jambe droite est devenue boiteuse; tu avais reçu un grand coup
d'épée d'un lansquenet du connétable, je le sais;
et, à cause de cela, je ne veux pas que plus
long-temps tu abrites ton corps fatigué derrière
cette fragile maçonnerie, sous un chaume aussi
mince; le castel de la Bourcadière a de bons
vieux toits, et je t'y ferai un gîte.... veux-tu me
suivre?

— Messire! — fit Gabiou surpris et embar-
rassé.

— Tu t'inquiètes pour ta fille?... mais ton
enfant prendra soin de ma laiterie.

— Et les chèvres des moines? objecta le bûcheron avec timidité.

— Les chèvres des moines tondront les prés
des moines; que t'importe!

— Mais les bois des moines?

— Ils pousseront bien sans toi.

— Mais je suis le vassal des moines; ils m'ont

concédé l'exploitation du bas-terroir près de Sceaux, de plus le fermage de leurs chèvres.

— Ah ! ça, manant, ce n'est pas pour te parler des moines que je suis venu à cette place, mais pour t'offrir bon gîte et bon maître, comme il convient à un vieux soldat gentilhomme, possédant un fief, lorsqu'il parle à un vieux soldat ne possédant rien. Veux-tu boire de mon eau et manger de mon pain?

— Je le voudrais, répondit Gabiou avec bonhomie.

— Qui donc t'en empêche?

— Les moines.

— Encore les moines! s'écria le baron, en se levant brusquement; par saint François, qui leur a mis à la ceinture la corde qu'ils devraient avoir au cou, est-ce que tu t'imagines que ces moines doivent être pour quelque chose dans mes affaires?.... Tu te dis vassal du couvent; tu te trompes.... Il y a empiètement de la part de monseigneur l'abbé de Saint-Germain-des-Prés ; ce litige est vieux entre nous, et l'occasion est bonne pour y mettre fin. Gabiou, ce terrain sur lequel tu t'endors, vassal du couvent, est mien ; et par les reliques de saint Mammès, qui n'ont point encore guéri les gens de Sceaux de leurs coliques ; il faut que le bien de César revienne à la Bourcadière.... Garde souvenir de ma visite. »

Ces mots dits, le baron se remit en selle, de l'éperon pressa son cheval, car il se retirait mécontent, et se dirigeait, sans plus attendre, vers le couvent des Cordeliers.

La cloche de la maison Bâzin, rudement ébranlée, tinta aussi fort que si elle eût annoncé la visite d'un archevêque ou du seigneur abbé. Le frère-portier, avant que d'aller ouvrir, jeta sur le jardin, où les moines se trouvaient rassemblés, un regard prévoyant, afin de s'assurer si en ce moment quelque acte contraire à la règle ne pourrait pas éveiller l'attention d'un indiscret étranger.

Le baron de la Bourcadière était d'un tempérament trop martial pour que son moral ne fût pas un peu entaché d'indifférence en matière de religion. La courte station que la lenteur du portier le contraignait à faire devant la porte du couvent, augmenta encore son humeur ; et un juron, à l'usage des colères brutales, allait lui échapper pour la seconde fois, lorsque s'ouvrit le guichet, puis peu après l'un des battans de la grande porte, afin de donner accès, dans la première cour, au cavalier visitant.

Celui-ci fut introduit dans le parloir, où bientôt se présenta Jéronimo, le supérieur.

« Salut à l'homme d'armes et au gentilhomme ! dit celui-ci avec une grande aisance de voix et de manières.

— Frère, répliqua le baron sans daigner incliner la tête, il était d'usage autrefois de s'arracher un cheveu en abordant un personnage de distinction, ainsi fit Clovis pour saint *Germier*, évêque ; souffrez que je ne l'imite pas, car je viens vous redemander, non un cheveu, mais de bons quartiers de terre que vous m'avez arrachés. »

Le front du supérieur se plissa, ses yeux se voilèrent, et sa bouche contractée exprima l'étonnement de l'orgueil offensé.

« Messire !...

— Oui, je sais bien, messire baron de la Bourcadière, qui fut capitaine d'armes de monseigneur de Guise ; c'est moi. C'est moi aussi qui fus propriétaire de tout le terroir, depuis le *Vandelard* jusqu'aux limites du Plessy, d'une part ; et, d'autre part, depuis les trois croix de bois peintes en rouge qui ferment la frontière de Châtenay jusqu'au Bas-Fontenay, en y comprenant le bouquet de vingt-deux peupliers qui ombre le sentier de Sceaux à Aulnay ; mais voilà que, par une grâce singulière, mon Frère, ce qui fut mien ne m'appartient plus ; une cabane de bûcheron s'élève où il me plairait peut-être d'élever un pigeonnier ; et si je dis à ce bûcheron : De qui relèves-tu ? il me répond : Des moines ; et si je trouve mauvais qu'il ait fait une coupe de jeunes bouleaux, il me répond : Je n'en dois compte qu'aux moines. Voilà pourquoi, mon Frère, je viens devant vous, et aussi pour vous prévenir que je mets dès aujourd'hui un terme à un interminable litige en faisant abattre la cabane qui me gêne.

— Cette prétention, Messire Baron, n'est autorisée par aucune décision judiciaire ; il existe, je le sais, entre le seigneur abbé de Saint-Germain-des-Prés et vous un vieux contexte à propos d'une limite de terroir, mais l'usage semble avoir consacré le droit ; la partie de terrain dont s'agit, depuis plus de dix ans subit l'exploitation au nom dudit abbé ; le père Cyprien, mon prédécesseur, l'entendait ainsi, et il n'est pas en mon pouvoir de laisser entamer ce qui est du domaine de l'abbaye.

— Par la messe! s'écria le baron en frappant du poing sur le pupitre d'un prie-dieu près duquel il était assis, c'est justement votre père Cyprien qui, pour arrondir le produit de son fermage, s'est approprié la terre que je réclame!

— Respectons la mémoire du saint homme, Messire, dit Fra-Jéronimo avec componction.

— Vous vous faites, mon Frère, une étrange idée du Paradis, si vous croyez pouvoir, sans pécher, canoniser le madré compère qui eut nom Cyprien.

— Messire, vous parlez à son successeur, et vous ne parlez pas en bon catholique, dit Jéronimo avec dureté.

— Oui-dà, Frère, répliqua le vieux gentilhomme en riant, vous trouveriez plaisant de faire de moi un hérétique et de m'envoyer rôtir

6..

en Estrapade, afin de retenir plus sûrement cette portion de mon domaine ; mais votre zèle pour la foi y échouera, je vous en préviens ; et si un salutaire avis peut vous être profitable, croyez-moi, traitons cette affaire de gré à gré, tandis qu'il en est temps ; car si vous attendez décision de bailliage et de cour de justice, je demanderai alors tels dommages et intérêts que l'abbé de Saint-Germain vendra les pierres de Bâzin pour solder le mémoire. Ai-je votre dernier mot ?

— Vous savez, Messire, qu'une bulle de Clément VI défend aux ordres mendians de rien aliéner, ni établir stipulation quelconque en leur nom.

— De sorte que, faute de pouvoir aliéner, les ordres mendians se sont réservé le pouvoir de s'emparer du bien d'autrui.

— Messire !....

— Oui, je sais bien.... Messire va dès ce soir

planter des barrières sur ledit terrain , occasion
du litige, et déraciner la maison du bûcheron.
Quant au bûcheron, c'est un vieux soldat, je lui
donne asile.

— Cela ne sera pas! s'écria le moine hors de
lui; cela ne sera pas! je le jure par les reliques
de tous les saints; cette scandaleuse usurpation
ne s'effectuera pas !

— Vraiment, Frère, le pensez-vous ainsi?...
Faut-il, dites-moi, qu'un soldat ignorant comme
moi apprenne à un savant moine comme vous, que
le terroir qui est mon bien, fût-il vôtre, Jean Gabiou le bûcheron, fût-il *homme de corps* de
l'abbaye de Saint-Germain , la femme à laquelle
il s'était marié avait pris naissance en mon fief
et ne s'était point rachetée ; qu'ainsi , des deux
enfans qu'elle avait mis au monde, l'un étant
mort au service du seigneur abbé, l'autre enfant
m'appartient.... Jean Gabiou n'est point homme
de corps de l'abbaye; il suivra sa fille.

— Jamais, s'écria encore Fra-Jéronimo, prêt de perdre toute retenue; jamais je ne laisserai s'accomplir un acte aussi injuste, aussi audacieux.

— J'ai dit, » répondit le baron de la Bourcadière.

Il se leva, sortit aussitôt du parloir, se remit en selle.... Son cheval n'avait pas franchi la distance de cinquante toises, et de la maison Bâzin sortait une mule montée par un moine; elle suivit au galop un sentier qui, passant entre Fontenay et Bagneux, aboutissait à la route de Paris.... *route royale*, aujourd'hui route, alors mal tracée, mal frayée et rendue impraticable, pendant les saisons pluvieuses, par les profonds ravins qui la coupaient dans tous les sens.

CARREFOUR DU BUCHERON.

VI

Cet odieux litige qui venait de s'élever tout-
à-coup entre le représentant de l'abbé de Saint-
Germain-des-Prés et le sire de la Bourcadière :
la possession du corps de l'enfant de Gabiou par

l'une des deux parties, résultait bien réellement d'une *coutume* en pleine vigueur au treizième siècle, presque généralement abolie, en 1556, par le bon vouloir des seigneurs; mais se reproduisant néanmoins dans quelques localités. où, par des raisons diverses, n'avait point parlé trop haut la voix de la réforme. (1)

Thomas de Mauléon avait affranchi plusieurs

(1) « Bertrand, fils de Hugues de Verrières, qualifié *homme de corps* de l'abbaye de Saint-Germain, ne put se marier sans en obtenir la permission de l'abbé, et sans lui avoir promis de lui abandonner, en propre, comme serfs et hommes de corps, la moitié des enfans qui naîtraient de son mariage. La raison pour laquelle Bertrand n'était tenu de donner que la moitié de ses enfans à l'abbé, est que la femme qu'il devait épouser était du village de Vilceors (Wissous), et qu'étant par cette raison femme de corps de l'Évêque de Paris, l'autre moitié des enfans devait appartenir à ce dernier seigneur. »

1244. —

DUBREUIL. — *Antiquités de Paris.*

communes relevant de sa seigneurie ; possible
était que Valbomel pût se croire autorisé à
ne point comprendre dans l'immunité de cet affranchissement le vieux soldat devenu bûcheron
sur sa terre ; permis de croire aussi qu'il n'eût
jamais songé à débattre avec l'intéressé le oui ou
le non de cette question ; mais, du moment où
un gentilhomme venait à élever contre lui une
prétention seigneuriale, à lui disputer, à titre de
droit, la propriété d'un terrain et d'un homme
tout ensemble, on conçoit l'exigence et l'énergie
que la fierté abbatiale allait manifester dans ce
procès.

Si puissante que fût, sous le règne du cheva-
leresque Henri II, l'influence de l'épée, elle ne
pouvait manquer de s'abaisser devant la robe
d'un prêtre, dans un temps où la religion catholique, devenue militante, empruntait à la politique et au pouvoir temporel leurs ressources et
leurs armes. Henri II, esprit étroit, entière-

ment dominé par le trop célèbre *triumvirat*, (1)
devait accepter, au péril de la justice et de la
vérité, le *mot d'ordre* qui servait, de son temps,
à compromettre et détruire un ennemi dangereux. Il fallait donc se sentir bien fort de ca-
tholicisme et d'observance dans les pratiques du
culte romain, pour s'attaquer, sans trop de
mauvaises chances, aux servans de l'autel catholique, clerc d'église, moine ou abbé.

Le baron de la Bourcadière ne prenait pas la
peine de peser ces considérations : ni casuiste,
ni politique, soldat et gentilhomme dans la
brève et féodale acception du mot, afin d'enhardir ses prétentions, quelles qu'elles fussent,
il écoutait crier au vent la girouette nobi-
liaire, (2) ornement de son castel; il balançait

____

(1) Ce triumvirat, qui fut si fatal à la France, était
composé : *de la duchesse de Valentinois, du cardinal
de Lorraine et du maréchal de Saint-André.*

(2) Il fallait être de bien vieille noblesse, ou avoir

dans sa main le fourreau de son épée, et rap-
pelait à sa mémoire le nom de Guise, auquel il
s'était voué, corps et lame; dans lequel il avait
la foi la plus absolue.

Ayant admis dans son esprit cette pensée,
que, pour sauver son fils Timoléon d'un amour
dangereux, il était convenable de le livrer aux
plaisirs d'un amour sans résistance, il lui im-
porta peu que l'obstacle à ses projets lui vînt d'un
abbé ou d'un archer de la garde; poursuivre son
projet, c'était sa volonté; de manière ou d'autre, briser l'obstacle, c'était son devoir, et il
en faisait son affaire.

Cependant la course de Fra-Jéronimo vers
Paris n'avait d'autre but que de réclamer l'in-
tervention de l'abbé de Saint-Germain-des-Prés.
Il lui représenta avec une telle chaleur l'usur-

monté le premier à l'assaut d'une ville, pour avoir
droit à une girouette sur le faîte de son manoir.

patrice prétention du baron, et la nécessité de mettre bonne garde sur le terroir, objet du litige, que Valbomel, abbé, en remerciant le zèle du moine cordelier, ordonna que vingt sergens de sa prévôté feraient escorte au révérend supérieur, et dresseraient une tente à vingt pas de la chaumière de Jean Gabiou, pour y demeurer en vigilante et sûre garde jusqu'au jour où serait définitivement vidé par justice le différend dont s'agissait; de plus, il pourvut à ce que le sire de la Bourcadière fût, sans délai, assigné à comparoir, non pas devant le ban du bailliage de Sceaux, mais en face de la haute juridiction abbatiale.

Fra-Jéronimo, doublement satisfait, et de l'accueil fait à son dévoûment, et de l'assistance qui lui était accordée, marchait donc, au pas pressé de sa mule, vers la maison Bâzin, suivi qu'il était par les vingt sergens de l'abbaye. Son empressement à conserver le bien de son

seigneur ne lui permit même pas de faire faire
halte à sa troupe ; il la conduisit, quoique la
nuit fût venue, sur le lieu même qui réclamait
sa protection et sa surveillance.

Les horloges de Châtenay et de Sceaux frap-
paient en échos les douze coups de minuit ;
matines sonnaient au couvent, au moment où
Fra - Jéronimo s'arrêtait dans le fourré du
bois, à dix toises de la chaumière du bûcheron.

« Pied à terre, mes gars, — dit-il à voix basse,
mais avec une accentuation peu monacale ; —
que la moitié d'entre vous garde les chevaux,
que l'autre moitié me suive. » Et il s'avança, re-
commandant de ne point faire bruire la feuillée.
La clairière, commandée par la cabane de Jean
Gabiou, était ombrée par la nuit, comme au
plus épais de la forêt.

« Écoutons... dit le moine, cherchant à se
reconnaître dans les ténèbres ; le bûcheron va

ronfler peut-être, quelque chèvre va bêler, ou Maguelone chanter en rêve, et nous saurons où est le gîte de Gabiou. »

Ni ronflement, ni bêlemens, ni harmonie rêveuse ; seulement une légère agitation dans la haute feuillée, produite par le souffle de la brise ou le réveil d'un oiseau ; un juron, de par le diable, se fit entendre.

« Qu'est-ce que cela ? demanda Fra-Jéromino.

— C'est Claude Fayard qui vient de se laisser cheoir, répondit un sergent avec humeur.

— Animal ! murmura le moine.

— Calvin t'étouffe ! répliqua tout bas le sergent ; et ton aïeul vienne te brûler ta robe, maudit moine, pour conduire de braves gens à la chasse aux taupes et aux chats-huants.... Je tiens quelque chose ! continua-t-il d'une voix plus distincte. Des lattes... de la poterie brisée... un, deux sabots...

— Te tairas-tu? maudit bavard ! s'écria Jéronimo.

—Je vous dis que je suis sur des décombres; le diable se sera enterré sous la cabane du bûcheron!

— Je te dis, païen, que le diable te brûlera, si tu continues à faire ce bruit!...

— En attendant cela, je tiens son écuelle..... venez la voir... »

La croissance du vent dans les régions supérieures de l'atmosphère vint à diviser la massive agglomération des nuages; ils coururent les uns sur les autres ; démembrèrent, si on peut le dire, leur monstrueuse charpente ; se brisèrent dans tous les sens, et tout-à-coup les déchirures en saillie d'une vaste infractuosité se trouvèrent illuminées, la lune parut dans les profondeurs du ciel, et répandit sa blanche clarté sur la clairière...

« Sainte Maguelone! s'écria Fra-Jéronimo, avec une terreur superstitieuse.

I. 7

— Quand je disais que le diable s'était fait un lit là-dessus ! » dit l'obstiné sergent.

La cabane de Jean Gabiou avait disparu ; ses décombres étaient dispersés sur le sol, et, à la place qu'elle avait occupée, se dressait un gros poteau de dix pieds de haut ; à son sommet un lettré pouvait lire ces mots, écrits en grosses lettres noires, sur une grande feuille de parchemin clouée sur bois :

« *Carrefour du bûcheron.* — *Fief de la Bourcadière.*

— Cherchez là tout au tour, dit le cordelier d'une voix tremblante.

— Rien, » dirent ensemble les sergens.

Jéronimo, saisi par le froid de la souffrance morale, chancela sur ses jambes, s'agenouilla, se frappa la poitrine à plusieurs reprises, commença la récitation d'un verset, et, avec un bégaiement étrange, claquant ses dents, heurtant convulsivement ses lèvres, dit tout bas :

« Mon Dieu ! qu'avez-vous fait de Maguelone ? »

Il releva la tête, comme pour chercher la réponse dans le ciel, et ses yeux s'arrêtèrent sans hésitation sur la pancarte blanche, et sa voix furieuse cria ces mots :

« Carrefour du bûcheron ! — Fief de la Bourcadière ! »

Pendant le court silence qui suivit, la clarté s'affaiblit peu à peu, des nuages presque diaphanes la traversèrent ; puis, de plus épais nuages, puis une grande nuée traînant après elle tous les crêpes de la nuit. La lune était voilée ; les ténèbres étaient revenus.

« Notre veillée est finie, » dit le moine, d'une voix sombre ; et, comme se ravisant : « complètement finie, après que vous m'aurez aidé à ajuster mon camail sur le faîte de ce poteau. » Un sergent, se hissant sur les épaules d'un autre sergent, exécuta cet ordre. « Nous verrons, continua le cordelier, ce qui adviendra de ce

7..

religieux insigne... Il suffirait pour l'exorcisme, plaise à Dieu, que le gentilhomme vienne s'ý brûler les mains... Venez avec moi, gens de monseigneur l'abbé; venez visiter le cellier de la sainte maison Bâzin.

— Amen! » dirent en chœur les sergens, pieusement satisfaits de la conclusion de leur nocturne mission.

LA DÉMOLITION.

VII

Le sire de la Bourcadière avait bien réellement
dans l'esprit quelque peu de ce levain féodal
qui excitait les seigneurs à établir leurs droits et
terminer les plaids à grands coups de bâton ou

d'épée ; aussi, complètement oublieux de cette question : « Que dira le bailli de Sceaux ?... que dira le seigneur abbé de Saint-Germain ?.. » Au sortir de la maison Bâzin, il était revenu auprès de Jean Gabiou, le bûcheron ; lui avait parlé, non comme un gentilhomme parle à un manant, mais sur le ton d'un chevalier à son frère d'armes ; car le baron craignait bien moins de compromettre sa dignité au regard d'un vieux soldat, que de ne pas l'emporter sur l'autorité des moines. Gabiou avait d'abord résisté ; il coûtait à son amour-propre intelligent de passer d'un maître à un autre, ainsi qu'un vil bétail ; mais le patient la Bourcadière avait combattu une à une toutes ses objections, et avait fini par trouver les raisons les plus capables de triompher de l'obstination du bûcheron.

« Trois fois imbécille,—lui avait-il dit ;—quel plaisir trouves-tu donc à obéir à des moines ? Que, devenu vieux, tu te fasses ermite, je le comprends... mais ta fille !... pourquoi veux-tu qu'elle expie les vilainies et les couardises de ta jeunesse? L'heure viendra où, au lieu de penser à des chèvres, elle rêvera d'amoureux. Est-ce aux moines, ses seigneurs, qu'elle ira demander un époux? Ils feront de sa virginité vieillie, un objet de ridicule et de honte. Demoiselle Maguelone en cheveux gris, elle marchera, jours de processions, sous la bannière de la Vierge, excitant la risée des jeunes gars, et le repentir des vieux moines; ou s'il leur convient de la marier à quelque drôle de leur domaine, les garçons qui naîtront d'elle seront moinillons : vilain métier pour les petits-fils d'un brave archer comme toi. Oublié, je ne sais par quel hasard, dans l'immunité de l'affranchissement, mon pauvre Gabiou, tu es serf, corvéable à tous les degrés : c'est comme tel que je pourrais te réclamer; ce serait mon droit. Je te fais libre; tu seras mon serviteur. Tu fatiguais ta jambe

malade et tes bras affaiblis aux rudes travaux du
bûcheron, tu prendras soin de mon vieux cheval de bataille ; il mange et marche doucement
aujourd'hui ; il n'a plus ni fantaisies ni folle
gaîté : c'est un sage compagnon que je te donne.
Ta Maguelone, je la fais suivante de dame Marguerite de Melborne, ma sœur. Mieux vaut pour
elle le voisinage d'une vertueuse dame, que celui
du cotillon d'un moine : comprends-tu ?

— Je comprends, avait dit Gabiou, qui
écoutait de toutes ses oreilles.

— Tu reviens à la Bourcadière ?...

— Et à son cheval de bataille, avait ajouté
affirmativement le bûcheron. Mais les chèvres
des moines ? avait-il repris avec inquiétude.

— Les chèvres des moines, depuis qu'elles
mangent, ont mangé mon herbe et les feuilles de
mes bois ; leur litière vient de mes prés. Je garde
les chèvres pour m'indemniser du dommage que
m'a occasioné leur nourriture..... et mainte-

nant, Gabiou, serviteur du baron de la Bourcadière, prends ta cognée, et, de droite et de
gauche, frappe sur ces pieux qui soutiennent le
chaume de cette cabane..... Il ne sera pas dit
que les vassaux de l'abbaye auront impunément
bâti sur mes terres. »

Maguelone apparaissait sur la clairière, avec
son petit troupeau, au moment où s'écroulait son
chaume. Elle poussa un cri : elle allait pleurer;
mais, voyant son père sourire, elle s'était approchée, presque confiante, et de son père et du
baron, qu'émerveillait sa beauté.

Lors, le baron se remettant en selle, avait dit:

« Ce terroir est fief de la Bourcadière et sera
le carrefour du bûcheron. Gabiou, le temps de
tailler et dresser un poteau à la place où s'élevait
ta cabane, et je te rapporte, écrit de la belle
main d'un clerc de Sceaux, l'écriteau qui dira
aux moines : «Vous en avez menti. » L'écriteau
cloué sur le poteau, le castel de la Bourcadière

te doit asile, et son seigneur te doit protection...
qui ne te manquera. »

Telles furent à-peu-près les circonstances qui
avaient précédé l'émigration de Gabiou et de sa
fille sur le domaine du baron.

Fra-Jéronimo, de retour au couvent, ne ren-
voya pas les sergens de l'abbaye sans leur avoir
remis pour l'abbé une lettre pleine de doléances ;
puis, tout entier à un désespoir dont il ne prit
pas la peine de se dissimuler la cause, il cria
avec larmes le nom de Maguelone la chevrière.

Pour Maguelone, pourvu que son père y trou-
vât son bien-être, que lui importait, à la naïve
enfant, d'être la vassale d'un abbé ou d'un gentilhomme! toutefois elle aurait préféré celui-ci,
depuis que les yeux d'un cordelier avaient ex-
primé devant elle plus d'amour que ne le permet
la pudeur religieuse. Cette considération était
peut-être la seule qui pût déterminer son choix;
car, en dépit des instincts de sa nature élégante et

délicate qui devaient lui rendre bien pénible une vie grossière et misérable, elle entra avec un froid regard, point émue, point curieuse, dans la chambre du castel où se tenait dame Marguerite de Melborne.

L'étonnement de la sœur du baron fut extrême, en remarquant les perfections de sa nouvelle chambrière.

« Et vous serez sage? lui demanda-t-elle sur le ton d'une demi-confiance.

— Je serai sage, Madame; répondit Maguelone avec candeur et conviction.

— Jamais n'oublierez qu'en ce logis doivent régner paix et chasteté?

— Jamais.

— A donc, petite Maguelone, nous verrons si mon frère n'a point à se repentir de son étrange résolution. »

Le sire de la Bourcadière n'avait eu garde d'avouer à la dame Marguerite le honteux motif qui le mettait en guerre avec l'abbé de Saint-Germain-des-Prés ; et, afin de ne pas se rendre coupable de pire chose que de l'intention, il voulut laisser faire aux passions de son fils Timoléon, sans paraître les enhardir, encore moins les conseiller.

Si l'ambition du baron lui avait inspiré, comme moyen de salut et de fortune pour son fils, la prostitution d'une pauvre jeune fille, l'ambition du jeune homme, et aussi le véritable amour pouvaient déconcerter l'immoralité de ce projet. Maguelone était bien séduisante et bien jolie ! Mais Marie Stuart, dont la beauté était auréolée par une couronne ! Marie Stuart, jeune et chatoyante étoile au milieu de toutes les constellations royales, pouvait-elle impunément laisser tomber ses regards sur les regards d'un jeune page qui ignorait encore les jeux de la cour et les caprices des femmes ?

La sévère et prudente décision de François

de Guise ne servit qu'à éclairer l'intelligence de Timoléon sur le sens présumable de l'intérêt que lui portait Marie; ramené par la volonté du duc et de son père dans l'étroite et sombre enceinte de la Bourcadière, il y apporta des pensées capables de braver la durée du temps, de la solitude, et de le garantir contre des tentations obscures.

La première fois qu'il aperçut Maguelone, il s'arrêta devant elle tout étonné, la regarda en silence; puis, lui tournant le dos, siffla comme sifflait Henri II lorsqu'il appelait ses lévriers : et Maguelone, qui avait un peu rougi, se voyant contemplée ainsi; sourit gaîment, se voyant dédaignée. C'est de cette manière que le damnable projet du baron reçut son premier échec.

Cependant, le surlendemain de l'installation de Gabiou dans le manoir de la Bourcadière, une importante visite y fut annoncée. Un chanoine de l'abbaye de Saint-Germain-des-Prés, assesseur de juge et confident de l'abbé, se présenta et déclina au baron un vigoureux monitoire qui ne lui laissait que trois jours pour réparer le dommage commis sur les terres de l'abbaye, et restituer l'homme de corps de l'abbé, ainsi que *tout ce qui tenait à cet homme;* termes précis du monitoire.

Au point où le sire de la Bourcadière avait poussé les choses, il ne devait pas se croire obligé par les rigueurs de l'écrit abbatial; aussi déclara-t-il nettement à l'envoyé de l'abbé, que ce qu'il avait fait n'était que l'exercice d'un droit; qu'il soutiendrait devant tous les bailliages de France et les cours ecclésiastiques, la justice de ses prétentions; que, quant à disposer désormais de Jean Gabiou et de *tout ce qui tenait à cet homme,* il ne le pouvait, puisque, par acte passé devant le bailli de Sceaux, il avait, la veille, affranchi Gabiou.

Le chanoine ne put que recueillir les réponses

du baron, et, par une sorte de mise en demeure, l'avertir que suite serait donnée à cette affaire.

Cela fait, il se retira ; avec son escorte militaire, unique garant de sécurité en ces temps de troubles, il gagna la maison de Bâzin.

Fra-Jéronimo, tout heureux de l'empressement de son seigneur à venger son injure, exhorta le messager à venir sur le lieu même du délit dresser le procès-verbal de l'enquête.

« Vous verrez, maître, disait-il en réprimant l'élan de sa colère, vous verrez que j'ai profité adroitement des enseignemens de l'histoire ; j'ai maintenu , comme le fit un René de Gauver, abbé, les droits de votre abbaye, en constatant ma présence par une part de mon vêtement.

— Hélas ! répliqua tristement le chanoine, mon avis serait de souffrir encore cette offense, par humilité ; car ce serait peu, dans un pareil

1.   8

procès, de l'entêtement de ce baron : mais François de Guise lui est en aide. François de Guise et le cardinal de Lorraine sont les défenseurs de l'Église, et, pour si minime intérêt, faudra-t-il se heurter contre le ressentiment des deux plus puissans seigneurs de France ? »

A cela le cordelier ne répondit rien, mais se dit à lui-même : « Si leurs lâches prétextes m'abandonnent à l'insolence de mon ennemi, je saurai bien suffire à ma vengeance. Là-bas, reprit-il bientôt à haute voix et avec émotion, près de ce gros chêne échevelé, s'élevait la cabane de Gabiou, le bûcheron... Mais, je ne vois plus mon camail sur le faîte du poteau, s'écria-t-il indigné.

— Ce que l'on a trop élevé est abaissé, murmura le chanoine. Je vois un camail noir au pied de ce poteau.

— Qu'est-ce que ceci ? » dit un sergent en soulevant un pan du camail.

. Le vêtement de Fra-Jéronimo servait de linceul à un chien mort.

Le moine cordelier et le messager de l'abbé
se regardèrent. Le premier pâlit au ton blafard
d'un cadavre ; l'autre, à colères sanguines, rougit.
Il y eut un silence.

« Qu'en dites-vous, maître?... demanda enfin
le moine.

— Je dis, mon fils, que Satan est logé dans
le corps de la Bourcadière.

— Maître, dit Jéronimo, perdant toute retenue, avez-vous ouï parler de *Guillaume Alleman*, gouverneur de Mâcon ?

— Non, — fit le chanoine.

— Guillaume Alleman fut emporté par le
diable.

— Et vous pensez que le diable se chargera
de la Bourcadière ?

— Certes, à la manière dont il se chargea du
gouverneur de Mâcon... L'insolent ravageait les

8..

terres des moines de Cluny, et les moines le tuèrent... . répliqua le cordelier avec une force significative.

— Prenez garde; l'abbé, notre Seigneur, a besoin des Guise.

— Et j'ai besoin de me venger, moi!... » En faisant cette énergique réponse, Jéronimo se redressa sur lui-même, ses deux grands yeux ouverts, ses narines gonflées, les muscles de son cou tendus, les articulations de ses mains contractées, ses lèvres tremblantes; toute sa personne révélait, qu'à l'imitation des moines de Cluny, il se chargeait de faire l'office du diable contre le sire de la Bourcadière.

— J'en ai vu assez, dit le chanoine; je rendrai compte. »

Dès qu'il fut de retour en la maison de Bâzin, le supérieur des cordeliers, véritable soldat d'une église militante, n'écouta aucune prudence, et sur un grand parchemin écrivit ces mots, tout empreints du caractère d'urbanité, aussi bien familier aux héros d'Homère qu'aux manans de nos halles :

« Messire Baron,

» Sur le terroir envahi de l'abbaye de Saint-
» Germain, j'ai vu un chien mort enveloppé dans
» le camail d'un religieux. Le sens qu'il vous
» convient d'attribuer à cette parabole n'est pas
» exact ; car, messire Baron, il est au sçu de
» tous les hommes qui croient en Dieu et qui
» révèrent les saints, que votre âme, en allant
» au diable, ne laissera pas votre corps en terre
» sainte ;

» Ce que, après avoir écrit, j'ai signé.

» † JÉRONIMO,
» Supérieur des Cordeliers. »

Et, pour porter cet insolent message, le moine choisit intentionnellement un vendeur de pourceaux qui, d'ordinaire, conduisait son bétail dans les marchés et domaines de la contrée.

La Bourcadière, tout en riant de l'épître, dit entre ses dents :

« Prends garde, moine, que, par le crédit *des Lorrains*, je n'expose l'animal qui se meut dans ta robe, *au feu de l'Estrapade.* »

Mais, tandis qu'il bravait de si leste façon la colère d'un clerc d'église, le baron voyait avec inquiétude la physionomie de son fils s'empreindre de tristesse et de mélancolie. L'étrange calcul imaginé par sa sollicitude paternelle était déjoué par un sentiment qui, dans l'âme du jeune homme, ne s'ignorait plus lui-même du jour où s'étaient manifestées les précautions prises pour le combattre.

Timoléon, comme les amoureux de tous les temps, à l'âge heureux où l'on se complaît aux angoisses pleines d'ingénuité du premier amour, s'en allait dans des lieux solitaires occuper ses heures par des rêveries ; au retour, s'il apercevait Maguelone, il ne jetait sur elle qu'un regard froid et dédaigneux ; car Maguelone était brune, vêtue de bure et chambrière, et la jeune femme que venait de quitter l'imagination du page de François de Guise, elle était blonde, vêtue de soie et de velours vert : elle était reine !... Le moyen de ne pas étreindre délicieusement en ses plus intimes pensées le merveilleux d'une telle passion ?

Du reste, il résultait de la silencieuse préoccupation de Timoléon, un état de calme dans la maison de son père, qui convenait parfaitement aux goûts de la grave Marguerite de Melborne et à l'esprit craintif de Maguelone. Cette jeune fille, tout entière à l'observance de ses nouveaux devoirs, de jour en jour se faisait aimer davantage par la sœur du baron.

« Je m'attache à cette enfant, disait la dame de Melborne pendant les causeries du soir, et je vous sais bon gré, frère, d'avoir usé de votre droit de reprise, puisque je lui devrai de conduire, dans une voie honnête et douce, une pauvre créature trop fragile et trop belle pour supporter long-temps les souffrances et les périls de la vie sauvage des chevrières. »

A ces paroles chastes et affectueuses, le baron, tout honteux, abaissait son regard vers la terre; son fils était inattentif.

LA DAME D'HONNEUR.

VIII

Malgré le rapport de son chanoine, malgré
les suppliques de Jéronimo et les instances de
ses conseillers, l'abbé Valbomel ne consentit pas
à user tout d'abord de son influence contre le

sire de la Bourcadière ; car il savait que, si l'orgueil des Guise rangeait sous la protection de leur nom tous ceux qui, de loin ou de près, tenaient par quelque lien à leur maison, ce n'était pas le moment de s'attaquer à cet orgueil, qu'allait exalter encore le mariage de Marie Stuart avec François, dauphin. Le seigneur abbé se fit mentalement la promesse de ne point oublier l'insulte du baron, et parut se contenter d'une nouvelle mise en demeure par-devant la justice du bailliage de Sceaux.

Fra-Jéronimo, qui n'entrait point dans le secret de tels ménagemens, ressentit un mortel désespoir en voyant impuni ce qu'il appelait le rapt de Maguelone. Il laissait à ses Frères, sans autrement s'en embarrasser, le soin de louer Dieu ; et, pendant des jours entiers et une partie des nuits, il rôdait dans les bois, macérant son corps par une fatigue sans dévotion, et infectant son esprit par la conception des projets les plus extravagans et les plus condamnables.

« Maguelone, la chevrière ! — s'écriait-il souvent, — Maguelone, la chevrière, où es-tu ? » et sa pensée s'élançait furieuse vers le manoir de la Bourcadière, et ses pas suivant aussitôt sa pensée, il arrivait en vue du manoir, et sa main tourmentait alors la poignée d'une dague espagnole...

« Que faites - vous donc à cette place, mon père ? »

Fra-Jéronimo bondit en arrière ; il venait de se laisser surprendre par un cavalier, dont le cheval, effrayé, souffla fortement des naseaux.

« Mais, répondit-il avec embarras, j'admirais l'élégance de cette recluserie.

— A l'heure où les hiboux commencent à voir clair ? Vous avez de bons yeux.

— Et de bonnes oreilles, — dit le moine, cherchant à s'approcher de son interlocuteur ; — car, si je ne me trompe, c'est Jean Gabiou, le bûcheron, qui parle si joyeusement au supérieur de la maison de Bâzin.

— Eh bien ! mon Père, tout vieux soldat boiteux que je sois, mes oreilles et mes yeux valent les vôtres ; car, si je vous reconnais malgré la nuit, je vous ai entendu hier malgré la distance... Ne m'approchez pas de trop près, car le vieux compagnon qui me porte, habitué aux souquenilles des soldats, prend de l'humeur devant la robe des moines.

—Gabiou, peu de jours passés sous le toit d'un baron hérétique t'ont rendu causeur et insolent...

— Bien m'a pris, mon Père, de chercher un toit solide et un maître portant cuirrasse ; car, comme je vous le disais, je vous ai entendu hier, malgré la distance, et, dans les prières que vous récitiez, il y avait ceci : *Maguelone, la chevrière, où es-tu ?*

—Malédiction sur toi, misérable ! s'éria Fra-Jéromino.

— La malédiction sera une affaire entre Dieu et moi, mon Père, et vous n'y serez pour rien; quant à ce qui sera entre nous, je puis vous le dire : Gabiou tuera le supérieur de la maison de Bâzin le jour où le Père Fra-Jéronimo touchera du regard Maguelone, qui n'est plus chevrière. »

La dague que portait le moine étincela dans l'ombre; mais celui-ci, avant de se trouver à distance du bras du cavalier, se sentit touché à la poitrine par le canon d'une arquebuse.

« Arrière! car, voyez-vous, mon arquebuse à vent ne fera pas plus de bruit que votre poignard; et le brave bourgeois de *Lisieux*, qui a inventé cette arme, ne commandera pas la moitié d'une messe pour vous retirer du purgatoire.

— Jean Gabiou! — dit Jéronimo d'une voix calme et triste, en se reculant, — si tu avais voulu!... si tu voulais encore!...

— Vous bâtiriez une chapelle sous l'invocation de Jean Gabiou, bûcheron et sabotier.

— Non! — s'écria le moine avec un accent passionné, — non; mais je....

— Achevez... pourquoi vous taire? »

Jéronimo venait d'appliquer sur sa bouche, pour y étouffer une parole insensée, sa main, qu'il mordait jusqu'au sang, tant il se faisait violence; et, victorieux de lui-même par ce surnaturel effort, il retrouva sa raison, s'éloigna sans répondre, sans proférer un seul mot.

Jean Gabiou, n'entendant que le bruit léger de ses pas, ne distinguant plus sa robe, ressentit le froid d'une peur superstitieuse; et, à travers le fourré, fit prendre le galop au cheval de bataille du baron, qui depuis long-temps ne galopait plus. Aussitôt qu'il eut franchi le pont-levis du manoir, remettant le vieux coursier aux mains d'un valet, il se mit en quête de sa fille. Une grande salle, située au rez-de-chaussée, était éclairée; le pauvre père s'approcha avec précaution, s'exhaussa sur la saillie d'un cordon de pierre, et, à travers le vitrage, vit un groupe de quatre personnes : c'était le baron, qui dormait dans un grand fauteuil à dossier, en bois sculpté ; près de lui Timoléon, assis sur un pliant, la tête penchée sur sa poitrine, l'air méditatif et sombre ; à quelques pas, sous la clarté de deux grandes bougies de cire jaune, Maguelone et la dame Marguerite de Melborne : Maguelone filait, et chantait en demi-ton une ballade villageoise, dame Marguerite tricotait et souriait en écoutant, en regardant Maguelone.

Jean Gabiou fut obligé de reprendre terre afin d'essuyer ses yeux, que venaient d'obscurcir deux grosses larmes de joie.

« Reste toujours ainsi, petite fille, — pensa-t-il en regagnant son gîte ; — chante et travaille sous les yeux de la dame dont tu es la servante, sous la garde de nos nouveaux seigneurs, et tu n'entendras pas dans les bois les hurlemens du moine qui t'appelle. »

1. 9

La sollicitude paternelle de Jean Gabiou devait se trouver satisfaite de ce qui contribuait à alarmer le baron de la Bourcadière; et aussi, faut-il le dire, la précaution imaginée par le père de Timoléon suffisait à elle seule pour lui préparer les peines qu'il voulait éviter. Imposer une rigoureuse solitude à une jeune âme à demi-éveillée aux saisissantes illusions de l'amour et de la vanité, c'était la condamner à une mélancolie bien plus secourable aux développemens des passions, que ne l'eût été l'usage même de ces passions; s'il avait paru convenable de cacher le page de Guise aux regards de Marie d'Écosse, il aurait fallu du moins utiliser cette séparation, et distraire la pensée du page, plutôt que de la livrer à ses dangereux recueillemens. Mais qu'importait au lieutenant-général du royaume les souffrances morales d'un de ses serviteurs! il n'avait voulu que garantir son crédit des suites d'une intrigue amoureuse, où se montreraient les couleurs de sa maison. Quant au baron, il avait, lui, tous les bons vouloirs au regard de son enfant; et s'il ne les avait pas manifestés avec plus d'intelligence et d'efficacité, c'est qu'il lui manquait la science du cœur... qui ne manquait pas à Marie d'Écosse. La subtile jeune fille, en s'avouant à elle-même la joie que lui causait la vue de Timoléon, n'eut aucune incertitude sur le motif de sa disparition subite; elle gémit, mais bien bas; elle pleura, mais en cachette; et, lorsque le lymphatique François, dauphin, s'arrêtait devant elle et la contemplait avec amour, elle avait la force de sourire à ce blafard visage, dont la jeunesse était sans charme, dont l'accidentelle animation trahissait une souffrance à l'heure même du plaisir. Depuis quelque temps le dauphin se complaisait davantage à quêter le sourire de Marie, à solliciter ses doux propos, car le jour de leur noce approchait : l'ambition des Guise, la po-

litique de Henri II concouraient à hâter cet
événement; les Guise, en faisant asseoir leur
nièce sur le trône de France, se faisaient rois;
Henri II, en nommant la reine d'Écosse reine
de France, créait son fils roi d'Angleterre; du
moins il croyait à la justice de cette prétention.

Le projet de cette alliance étant arrivé à ce
point, que déjà une robe de damas blanc venait
d'être déposée sur la courtine du lit de Marie ;
que, sur la tablette de son prie-dieu, était placé
le *chapel* de roses blanches, emblème des épou-
sées, Marie recula sur elle-même, laissa échapper un profond soupir de détresse, et, sur le
portrait de François dauphin, inopinément
appendu à la muraille, en face de sa couche,
elle lança un regard de dédain et de répulsion.

« Demain ! s'écria-t-elle d'une voix pleine de
larmes, — c'est demain ! aujourd'hui, 17 avril
1558, mon dernier jour de liberté ! — Et se tournant avec vivacité vers une dame d'honneur,

sorte de compagne de la création d'Anne de
Bretagne :

— Dame Raimbault, l'amitié d'une dauphine
qui sera reine de France, est-ce chose d'assez
haut prix pour qu'on lui sacrifie un penchant,
ou même un devoir? — Elle rougit un peu en
prononçant ce dernier mot.

— Je pense que l'on peut tout sacrifier à cette
auguste amitié, répliqua la dame Raimbault
avec assurance, — si cette dauphine ressemble
à la belle Marie d'Écosse. »

Et Marie prenant dans un coffret un rang de
belles perles dont elle avait habitude d'orner
son chaperon, dit d'un ton enjoué et cares-
sant :

« A cette amitié que je vous offre, je joins ce
présent; l'un et l'autre veulent en retour discré-
tion et dévoûment.....

— Et obtiennent tout ce qu'ils veulent, — interrompit la dame Raimbault en souriant avec

intelligence, sans rien perdre de son attitude respectueuse.

— Merci, bien merci; reprit la reine d'Écosse, témoignant par le jeu de sa physionomie que, si elle venait d'éprouver une gêne d'esprit, cette gêne était à demi-dissipée.

— Votre mari, dame Raimbault, désire, je le sais, le commandement d'une compagnie de la garde écossaise; il la commandera... Ne me remerciez pas, et maintenant écoutez ma requête.

— J'écoute, » dit la dame d'honneur avec l'empressement de la curiosité et de l'obéissance.

Marie inclina sa tête vers celle de dame Raimbault, et, dans cette pose confidentielle, hasarda son difficile aveu.

« De tous les travestissemens en usage à la cour, aucun ne m'a paru préférable à un que je ne puis prendre; par cette raison, ardemment le désire porter; et, puisqu'aujourd'hui encore, le devoir ne m'oblige pas à soumettre ma volonté à celle d'un autre, je veux réaliser mon désir... je le veux, entendez-vous? c'est à vous à m'y aider : les paillettes, les pierreries ressemblent trop à tout ce que je vois, à tout ce que je touche; une jupe en tiretaine brune, un corsage rouge, une gorgerette en lin gris, et plissée, j'aimerais cet habit : c'est celui des filles villageoises; elles sont jolies, ainsi vêtues... je voudrais l'être comme elles...

— N'est-ce que cela, gentille reine? interrompit la dame Raimbault.

— Et encore, sous ce costume, tromper les regards de ceux qui le connaissent le mieux...

— Pourrez-vous effacer cette majesté toute charmante qui, bien mieux que vos habits, dit le rang où vous êtes et le sang dont vous sortez?

— Mon dieu! dame Raimbault, je remarque à la cour de belles dames, illustrées par leur no-

blesse et leurs belles manières, qui paraîtraient
bien réellement villageoises, si leur jupe était de
tiretaine brune, et leur gorgerette en lin gris...
D'ailleurs, comme je vous le dis, ma fantaisie,
pour être satisfaite, veut une épreuve... et, ce
jour même, nous irons en tapinois dans quelque
village voisin du grand Paris, acheter ou vendre
des fruits.

— Mais, comment cacher cette absence?
objecta la dame d'honneur.

— Ici le manquement au devoir... Nous men-
tirons.

— Péché peu grave, s'il n'est pas découvert.

— Il ne le sera pas.... j'aurai été faire mes
dévotions chez les religieuses de Saint-Benoît,
à Montmartre.

— Donc, nous irons à Montmartre?

— Non pas; mais vers un autre territoire...
Nous irons offrir une belle jupe de drap d'argent

à la Vierge de la chapelle où vont prier les jeunes filles de Châtenay...

— Jésus Dieu! Madame la reine, à Châtenay!... Mais c'est un grand voyage!

— Qu'une bonne haquenée nous fera faire en peu d'heures.... L'horloge des Tournelles vient de sonner neuf heures; à dix, nous quitterons l'hôtel pour aller en votre maison, rue des Quatre-Fils, revêtir nos beaux habits..... Vous avez une heure, dame Raimbault, pour vous les procurer. »

La dame d'honneur, liée par sa parole et par son intérêt, ne se permit aucune réflexion, et sortit pour préparer le travestissement imaginé par la fiancée de François II.

LES DEUX REINES.

IX

Le mensonge que Marie d'Écosse consentait
à faire aux hommes, elle ne le fit point à la
Vierge; il y avait moins de trois heures qu'elle
avait quitté la maison de la dame Raimbault,

lorsqu'elle s'agenouilla, dans l'église de Châtenay, devant la blanche statue qui représentait la
divine Marie, sa patronne.

« A toi, je me confesse, — dit-elle alors à
demi-voix ; — je me confesse de pêcher par désobéissance, téméraire et folle pensée ; mais dans
mon âme, tu le sais, point de méchans ni vi-
cieux projets... Du regard et de la voix, je n'ai
qu'un adieu à dire... Sommes-nous bien seules
en cette église, dame Raimbault ?

— Seules, madame la Reine.

— Hâtez-vous donc d'attacher, avec respect,
autour du corps de cette statue, cette pièce de
drap d'argent que je porte en mon panier. »

Tandis que la dame d'honneur exécutait cet
ordre, la future dauphine disait avec mélancolie :

« Sous tous les costumes, Sainte-Vierge, vous
serez belle !... mais faites que jamais ne vienne
en la pensée des jeunes filles de ce village d'en-

vier les jupes de soie et d'argent! Je me trouve si
heureuse sous leur modeste habit, que voudrais
le garder toujours ; que voudrais pouvoir leur
dire, aux jeunes filles, la contrainte et les en-
nuis dont, avec leurs attifets d'or, sont accablées
les grandes dames... Hélas ! plus doux serait à
mon oreille le chant d'une chevrière aux alen-
tours de certain castel égaré dans les bois, que
ne l'est celui de la flûte ou de la lyre dans la galerie des Tournelles! »

Après ce retour sur sa condition, Marie se
signa, se leva et sortit de l'église; la dame
Raimbault rattacha les paniers au coussinet de
la haquenée ; puis, les deux *villageoises* se re-
mirent en route : la dame d'honneur était en
croupe, la reine d'Écosse tenait la bride.

« Jésus ! madame la Reine, nous entrons dans
la forêt !

— Pourquoi non ?

— Seules, sans escorte !

— Les marchandes de fruits de ce pays en traînent-elles après elles ? »

Il est ordinaire aux valets et gens de la cour de plus tenir à l'apparat et à l'étiquette que leurs maîtres eux-mêmes ; car les pauvres suivans des rois n'ont, le plus souvent, que l'apparat et l'étiquette pour maintenir la distance qui les sépare du peuple ; ils croient à la réalité de cette distance, parce qu'une imitation servile la leur fait aimer ; et ils préféreront marcher *derrière* en livrée de galas, à marcher *de front* avec la foule : la dame Raimbault obéissait à ce misérable sentiment ; et, indignée de ce que pas un manant ne l'avait saluée depuis Paris, elle affectait le mal de la peur, pour cacher celui de l'orgueil.

Les deux cavalières n'avaient pas parcouru vingt toises dans la forêt, lorsqu'elles entendirent derrière elles bruire la feuillée sèche sous des pas précipités, et une jeune villageoise les atteignit bientôt.

« Servantes de Dieu, — dit-elle d'une voix
haletante, — laissez une pauvre et honnête fille
comme vous, marcher un petit moment en votre
compagnie.... pour peu que vous poursuiviez
une demi-heure durant votre route de ce côté,
j'aurai fait les trois-quarts de mon chemin.

— Où allez-vous, petite? — demanda la dame
d'honneur.

— Au manoir de la Bourcadière.

— Ah!... nous aussi ! » dit vivement Marie
Stuart en tournant la tête vers la nouvelle arrivée; une légère exclamation de surprise lui
échappa; il y eut échange de regards admiratifs
entre les deux jeunes femmes : l'une était blonde,
l'autre était brune ; mais toutes deux avaient le
teint lis et blanc, les contours du visage parfaits,
la physionomie suave et digne; le corsage élé-
gant et délicat; l'une et l'autre étaient vêtues de
tiretaine, mais si toutes deux eussent revêtu la
soie et l'or, elles auraient rendu impossible une

équitable préférence ; peut-être même aurait-on cherché quelle était, de l'une ou de l'autre, la dauphine et la reine.

« Au manoir de la Bourcadière? — reprit Marie, retenant sa monture, afin d'égaliser son pas avec celui de la villageoise. — Est-ce là qu'est votre gîte?

— C'est là qu'est mon gîte.... Mon père est serviteur du baron; je suis servante de la dame sa sœur.

— Et depuis quand ? demanda la reine avec l'expression de l'inquiétude.

— Depuis un mois environ.... Mais vous, ma mie, depuis quand dans ce pays ? jamais en l'église de Châtenay n'ai aperçu votre mignonne figure....

— Ah ! vous êtes servante de la dame de Melborne? — interrompit Marie, que poursuivait une idée sérieuse, à en juger par l'expression subitement boudeuse de sa bouche. — Eh !

quelle circonstance vous a placée dans ce manoir?

— Vraiment ! — répondit la villageoise en
riant avec finesse ; — vous m'interrogez comme
ferait une châtelaine ou la dame que je sers..…
Quelle circonstance vous conduit vous-même
au manoir de la Bourcadière ?

— Vous êtes curieuse, petite, — dit la dame
Raimbault.

— Oh ! mon Dieu, non, je vous l'assure,
bonne mère ; mais votre fille est si gentille, que
je suis toute contente de plaisanter avec elle. »

La naïveté de cette affable réponse ne suffit
pas pour calmer le soupçon jaloux qui préoccu-
pait l'esprit de Marie Stuart.

« Votre nom ? demanda-t-elle.

— Maguelone.... Et le vôtre ?

— Marie. »

La villageoise fit une petite révérence, un
signe de croix, et reprit :

« Marie!... c'est un joli nom ; c'est celui de la Vierge... et aussi celui d'une grande dame... Puisque vous allez au manoir, — ajouta-t-elle en s'approchant de la haquenée, et plaçant familièrement une main sur le genou de la jeune cavalière, — il faut que je vous dise de ne pas vous nommer, si déjà n'êtes connue...

— Pourquoi?

— Ah! c'est qu'il y a dans le manoir quelqu'un qui est bien friand de ce nom de Marie, et qui le répète sans cesse. »

Marie Stuart rougit jusqu'aux oreilles.

« Que nous importe la fantaisie de ce quelqu'un! dit la dame Raimbault avec hauteur.

— Qu'elle ne vous importe en rien, chère mère, — répliqua Maguelone, — c'est possible; mais à votre fille, il peut ne pas être agréable d'être embrassée aux deux joues par un jeune page, à cause de son nom.

— Embrassée ! — dirent ensemble les deux cavalières.

— C'est que vous ressemblez si bien à votre patronne...

— Que nous veut ce moine ? — s'écria Marie Stuart en donnant une secousse à la bride, afin d'arrêter sa monture.

— Ce moine ! — » fit Maguelone alarmée.

A vingt pas en avant venait d'apparaître, dans le sentier, le cordelier Fra-Jéronimo : il avait les bras croisés sur sa poitrine, le regard fixe, dans la direction des trois voyageuses ; il attendait. A moins de quarante pas, derrière le moine, il y avait encore un homme, appuyé sur un long bâton ferré ; il paraissait ne pas vouloir être vu ; il attendait aussi.

« N'ayez crainte, — dit la dame d'honneur ; — un moine ne peut mal agir. — Et haussant le ton : — N'est-il pas vrai, mon Père, que cette route est sûre, et que vous nous donnerez, au passage, votre bénédiction ?

— Pourquoi non, vieille folle ; si tu retiens ta langue et si tu passes vite, — répondit Jéronimo.

— La parole insolente de ce moine me fait peur, dit Marie Stuart.

— Et à moi aussi, — dit Maguelone en accrochant sa main au jupon de la reine.

— A la garde de Dieu ! » reprit la future dauphine, et elle excita courageusement la marche de la haquenée.

Fra-Jéronimo se rangea sur le bord du sentier, et lorsqu'à portée de son bras passa la tremblante Maguelone, il la saisit au poignet.

« Maguelone.... restez à cette place.... Vous, femmes, continuez votre voyage....

— Oh ! — s'écria Maguelone, ne quittant point le jupon de Marie, — ne m'abandonnez pas ! »

La reine d'Écosse, tout effrayée, sentait le cœur et la main lui manquer; elle abandonnait sa bride, elle allait perdre l'équilibre sur le coussinet, et cependant sa voix émue dit à Maguelone :

« Non, petite, je ne t'abandonnerai pas.

— Juste Ciel! — s'écria la dame Raimbault; — laissez là cette coureuse et ce moine, ou malheur nous arrivera.

— Taisez-vous! — lui répliqua Marie d'une voix impérieuse.

— Bien parlé! — dit en riant Fra-Jéronimo. — Au clapier dont vous sortez, mes huguenotes, la fille a le verbe plus haut que celui de sa mère...

— Au secours! — cria Maguelone se sentant rudement secouée par le bras du moine.

— Me voici, — dit Jean Gabiou, se plaçant à découvert dans le sentier; — me voici, mon Père. Depuis une heure que vous épiez le retour

de mon enfant, je vous épiais vous-même....
Partout, à toute heure, chaque fois que vous
regarderez Maguelone, vous rencontrerez, avec
mon regard, ou le canon d'une arquebuse, ou
la masse ferrée de mon bâton.... Petite Maguelone, qui désobéissez à votre père, retournez
au manoir, dont plus ne sortirez sans m'avertir;
n'est-il pas vrai?... »

Le supérieur des cordeliers avait lâché le bras
de la chevrière, aussitôt que s'était fait entendre
la voix de Jean Gabiou, et Maguelone, soumise
à l'injonction qu'elle venait de recevoir, se remit
en marche, faisant signe à Marie Stuart de la
suivre; la reine d'Écosse et sa dame d'honneur
suivirent sans dire mot.

Le serviteur de la Bourcadière conserva sa
place et son attitude défensive, voyant Fra-
Jéronimo ne bouger et paraître réfléchir.

« Jean Gabiou, dit le moine, — quelle
guerre est-ce ceci ?

— Guerre d'un loup contre un serpent.

— Et quelle fin te proposes-tu ?

— Pas d'autre que de protéger la faible créature que Dieu m'a donnée pour fille.

— Imbécille ! veux-tu son bonheur en ce monde ?...

— Que m'importe, pourvu que j'empêche sa damnation dans l'autre.

— Pauvre Jean Gabiou, tu te fais sauveur d'âmes, et tu ne sais pas ce qui adviendra de la tienne...

— Satan ! cria Gabiou avec un accent devenu tout-à-coup furieux, et en brandissant son bâton avec une agilité redoutable. — Satan ! je ne crois plus aux moines, du jour où tu as crié dans les bois le nom de ma fille Maguelone... Le bras d'un vieux soldat aura sur ton corps damné la vertu de l'exorcisme... et je te purifierai par la mort; entends-tu bien, supérieur des cordeliers ?

— Il me faut t'égorger ou me taire, misérable !
et je me tais, — dit Jéronimo d'une voix gut-
turale et profonde. — De ta fille, tu ne sauveras
ni l'âme, ni le corps ; entends-tu bien, à ton
tour?.. Et quant à connaître ce que peut le bras
d'un moine, tu le sauras le jour où le mien te
saisira pour te jeter sur un bûcher. Adieu. »

A la pâleur de Jean Gabiou, lorsqu'il revint
au manoir de la Bourcadière, on aurait pu croire
qu'il avait subi la torture.

PRISE TROP TOT LAISSÉE.

X

L'étrange scène qui venait d'avoir lieu dans la forêt avait glacé de tristesse et de peur l'imagination aimante et enjouée de Marie Stuart; la dame Raimbault, toute taciturne, en était à regretter sa condescendance intéressée pour sa future souveraine.... et les *trois* villageoises allaient franchir le pont-levis du manoir, avant que leur esprit se fût rassuré.

« Maintenant, ma mie, qui demandez-vous en ce castel? — demanda Maguelone à Marie.

— Je ne sais pas, — répondit la reine, décontenancée par l'exécution même de ce projet qui, le matin, l'avait tant flattée.

— Est-ce au sommelier ou au gardien des fruits à qui vous voulez parler?... Je vous le dis, si vous n'apportez pour l'ornement de la table du baron que les pommes écrasées dans ce panier, — ajouta Maguelone en souriant, — je crains bien que le produit de votre vente ne paie pas l'herbage qu'a mérité votre cheval. »

Marie Stuart, tournant alors la tête vers sa compagne :

« Dame Raimbault, n'entrons pas en ce

castel... non, tournons bride, et comme de pauvres honnêtes femmes, retournons d'où nous venons. »

La dame d'honneur, dont la complaisance était largement payée, avait fait l'entier sacrifice de sa dignité, et n'objecta rien au caprice nouveau de sa souveraine.

« Ne me suivez-vous plus ? — s'écria Maguelone.

— Non ; ce que tu viens de dire, ma mie, nous promet mauvaise vente, et peut-être mauvais accueil ; nous partons.

— C'est étrange ! — dit la fille de Gabiou, jetant pour la première fois un regard soupçonneux et investigateur sur les deux voyageuses. — Encore, si ne connaissez mieux votre chemin, vous faudra-t-il un guide.

— Si ces femmes sont de Châtenay, — dit Timoléon qui apparut subitement et passa sans regarder, sans s'arrêter, — qu'elles me suivent. »

Gabiou rentrait en ce moment.

« Jean Gabiou, — reprit le fils du baron, — mon père t'a ordonné de tenir en bel état mon cheval et son caparaçon et ses harnois ; dispense-toi de cette peine, je n'irai point à Paris ; les épousailles que l'on y célèbre demain se passeront bien de la présence d'un pauvre page... Vous, mes commères, si l'allure de votre haquenée est sage, réglez-vous sur mon pas, et bientôt vous reverrez les chaumes de Châtenay. »

Marie Stuart avait tressailli d'aise, en appréciant l'opportunité de cette circonstance, et, profitant de la permission qui lui était accordée, elle adressa à Maguelone un gracieux sourire de remercîment et d'adieu ; puis, fit marcher sa monture à distance de dix pas, derrière le jeune gentilhomme, qu'elle était venu chercher de si loin.

Une demi-heure suffit, aujourd'hui, pour

aller de Châtenay aux ruines de la Bourcadière;
mais au seizième siècle, à travers cette vieille
et sombre forêt qui alors occupait toute la contrée, ni route frayée, ni sentiers nettement
tracés; ceux qui existaient exigeaient toute la
sagacité du voyageur, car les embranchemens
étaient rompus par des buissons, des tapis de
lianes épineuses et de ronces; et il fallait con-
sumer une grande heure à parcourir de longs
circuits.

Depuis environ vingt minutes, Timoléon
marchait; et, silencieux et soucieux, il n'avait
point encore daigné adresser un seul mot aux
femmes dont il était le guide. Marie Stuart se
taisait aussi : ce que la rencontre avait de
piquant, elle l'oubliait, parce que son émotion
était pleine de tristesse; mais pour rompre ce
silence et cet *incognito*, il se présenta une occasion qu'elle n'avait point prévue : la délicate enfant ne pouvait impunément accomplir un si

fatigant pèlerinage; les forces vinrent à lui manquer ; elle dit tout bas à la dame Raimbault :

« Je me sens défaillir... mes membres sont endoloris , ma vue se trouble... arrêtons un peu.

—Mon gentilhomme, cria la dame d'honneur épouvantée, — soyez humain, venez aider ma fille à descendre ; elle souffre, elle va perdre le sentiment. »

Timoléon se retourna vivement.

« Bien volontiers, bonne mère... Voyons, enfant , appuyez vos mains sur mes épaules, et venez à moi , je vous soutiendrai. »

Lorsque les mains du jeune homme saisirent la taille de Marie, elle s'évanouit complètement; il fallut toute la force et l'adresse de Timoléon pour empêcher une double chute; il porta la reine d'Écosse au pied d'un vieux chêne.

« Mais, mon Dieu, qu'allons-nous faire pour elle ? — dit-il en regardant la dame Raimbault, que cet événement troublait jusqu'au vertige.

— Je ne sais, mon jeune seigneur ; je ne sais...
mais à coup sûr, ceci est un grand malheur !...
Par grâce, tenez, soutenez sa tête... j'ai là, dans
ma pochette deux petits flacons, l'un contient
du vin de Chypre, l'autre un efficace élixir...
Soutenez sa tête, vous dis-je ; nous lui ferons
prendre quelques gouttes... Oh ! mon Dieu ! elle
paraît être morte !... »

A ces mots de vin de Chypre et d'élixir, Timoléon avait ouvert de grands yeux sur la pay-
sanne ; à cette exclamation : *elle paraît être*
morte ! il regarda bien au visage la jeune fille
évanouie, et un cri déchirant s'échappa de sa
poitrine ; il se précipita à deux genoux ; passa un
bras sous la tête de Marie, la souleva...

« Oh ! votre vin de Chypre, votre élixir !...
donnez vite... mais, donnez donc vite ! » Il saisit
un flacon, humecta les lèvres de la reine, et,
comme il voyait que les dents restaient serrées,
il s'écria avec désespoir :

11..

« Mon Dieu! mon Dieu, rendez la vie à la belle ressemblance de Marie d'Écosse!

Marie revint un peu à elle; une légère convulsion interne se manifesta, et les larmes inondèrent tout-à-coup ses yeux et son visage.

« Oui, pleurez, jeune fille, reprit Timoléon qui pleurait aussi; on dit que les larmes sont salutaires; pleurez! mais, qui que vous soyez, ne mourez pas, ou je tombe mort à vos pieds! »

Marie se réveilla tout-à-fait; elle sentit que sa tête était soutenue par le bras du page de Guise; elle vit son effroi, sa douleur, et à la pâleur d'albâtre qui avait *mortalisé* son visage, succéda l'incarnat le plus vif.

La dame Raimbault, jugeant que le danger était passé, voulut faire respecter la majesté de la reine, en dépit de sa gratitude et des apparences.

« Maintenant, mon gentilhomme, — dit-elle

avec hauteur, oubliant son rôle, — éloignez-
vous ; laissez faire à mes soins.

— Restez ! — dit Marie Stuart, en appuyant
une main sur l'avant-bras du jeune homme, et
s'adressant à la dame d'honneur : — Pourquoi
feindre? vous aurez surpris son secret, et il sait
le nôtre; que ce mutuel aveu ne soit pas tout-
à-fait perdu ni pour lui, ni pour moi... Chère
dame Raimbault, permettez à deux jeunes cœurs
souffrans l'innocent plaisir de se révéler l'un à
l'autre, en se disant adieu...

— Madame!... » dit la dame Raimbault toute
confuse de la découverte qu'il lui était permis de faire. Mais elle était trop dame de la cour
pour pousser le scrupule jusqu'à l'indiscrétion;
elle s'inclina et s'éloigna de quelques pas.

Timoléon qui pleurait encore, se recula sans
quitter sa posture agenouillée, et hors d'état
de se rendre compte, ne put que s'écrier :

« Reine Marie... est-ce vous?

— Page de François de Guise, c'est bien la triste Marie.

— En ce lieu !... sous ce costume !... Non, ce n'est point la reine d'Écosse !... non jeune fille, tu n'es point celle qui sera demain la dauphine de France... car mon respect étoufferait mon cri d'amour, et mon amour appartient aux yeux qui sont les tiens, à ton charmant visage, à ta voix, à ce triste sourire qui te rend si touchante et si belle... A la reine d'Écosse, à celle qui sera la dauphine, jamais je n'oserais tenir un tel langage... à toi, jeune fille, je te le dis, en toute vérité, je t'aime !

— Pauvre Timoléon ! cette ingénieuse tromperie ne nous accordera pas plus de bonheur que ne nous en promet ta destinée et la mienne.... Je te le dis aussi en toute vérité, ma présence et ce costume te tiennent lieu d'aveu ; je suis bien réellement Marie d'Écosse. — Et comme Timoléon paraissait dans un état complet d'égarement. —

Beau page, calmez votre douleur, reprenez vos
esprits.... et m'écoutez.... J'aurai à dire à confesse, mais sans en rougir, le sentiment que m'a
inspiré le parent de Marguerite de Melborne....
Il est triste pour tous deux, mon ami, de voir
à la même heure le commencement et la fin de
cet amour... Je prierai bien dévotieusement ma
patronne, Timoléon, pour qu'elle ne fasse pas
pour vous, de ce premier chagrin, l'occasion de
beaucoup d'autres... Quant à ce qui sera de Marie
Stuart, elle n'a point à parcourir, elle le sait,
un chemin plainier, égayé et embaumé par les
fleurs... Lorsque sa mère, en fuite, la réchauf-
fait un soir devant l'âtre d'une pauvre cabane
de l'Écosse, une vieille femme dit sur elle : *Tu
aimeras pour souffrir; tu régneras pour souffrir, et le dernier bruit de ta vie sera un cri de
souffrance.* Et un autre soir, en une petite maison de la cité de Paris, Marie Stuart fut con-
duite, par la reine Médicis, devant le grand

Nostradame; la reine lui dit : *Regardez bien cette enfant.* Nostradame me regarda, se prit à pleurer et murmura : *Prise trop tôt laissée....* Il dit encore autre chose ; mais qu'importe à Marie d'Écosse, puisqu'elle voit se réaliser cette prise d'amour trop tôt abandonnée....

— Abandonnée.... madame la Reine! mais abandonnée avec ma vie.

— Va le dire, imprudent, à François, dauphin, qui m'attend.... — Elle plaça sa main sur l'épaule de Timoléon ; lui toujours à genoux, elle toujours assise, tous deux l'un devant l'autre. — Timoléon de la Bourcadière, l'enfance a de beaux rêves, et parmi ceux-ci il s'en détache toujours un qui survit au sommeil, qui prend place dans toutes les veillées, qui tient compagnie à l'existence entière, qui sert de flambeau à l'espérance aux abois, et permet à l'âme, épuisée par la réalité, de se reposer dans les émotions contemplatives d'une douce et joyeuse aventure.... Timoléon, nous avons fait notre rêve; nous sommes éveillés maintenant.... souvenons-nous....

— Jusqu'à la mort, madame la Reine !

— Page de mon oncle François de Guise, j'éteindrai la souffrance de mon amour dans le bonheur de ma bienfaisance mystérieuse.... Je veillerai sur vous, tout en priant Marie la vierge de veiller sur moi.... J'approuve votre idée, ne paraissez pas aux noces du dauphin de France... mais dans huit jours, Timoléon, montez aux Tournelles... Adieu. — Elle se releva, mais en chancelant, mais en pleurant. — Adieu, adieu, Timoléon !

— Marie ! » cria le jeune homme en étendant les bras vers elle.

Marie Stuart avait tout dit, et retrouvait sa force. Elle présenta sa main aux lèvres du jeune la Bourcadière, moins pour étouffer son cri que

pour en recueillir un baiser, et d'une voix digne
et calme :

« Dame Raimbault, la première grâce accordée demain par la dauphine, vous fait duchesse.
Partons. »

Timoléon, subjugué, n'osa plus proférer une
plainte, une parole : il aida Marie à se replacer
sur le coussinet de son cheval, et marcha devant comme s'il eût précédé la villageoise de
Châtenay. A quelques pas du village, sur la li-
sière de la forêt, il disparut dans l'épaisseur d'un
taillis. La reine d'Écosse frissonna, ne le voyant
plus; et bientôt l'entendit au loin qui criait, d'une
voix pleine de sanglots, le nom de Marie.

Comme en ce temps-là il était d'usage de rendre les lieux commémoratifs, non-seulement des
faits, mais des sentimens intimes, peu de jours
après cet événement, des ouvriers, dirigés par
Timoléon, élaguaient le terrain, à la place où,

dans la forêt, s'était arrêtée Marie Stuart ; où il n'y avait qu'un étroit sentier, on créait un carrefour, et un écriteau placé sur le chêne, au pied duquel avait été porté Marie, disait ces mots : *Carrefour du Chéne à la jeune Fille.*

Cette clairière existe encore aujourd'hui, avec son ancienne dénomination. Le chêne a été coupé, il y a environ cinquante ans ; mais l'homme qui apprend et se souvient, éprouvera une émotion pleine de mélancolie, en songeant à Marie d'Écosse, sous le jeune ombrage du vieux carrefour.

DISCRÉTION ET SOUFFRANCE.

XI

Un homme d'armes de la maison du lieutenant-général du royaume s'était présenté, le
matin, au manoir de la Bourcadière, porteur
d'un ordre qui enjoignait au page Timoléon de

se trouver le lendemain matin, avec le jour, à l'hôtel de Guise. Le baron, en rendant grâce au souvenir de son protecteur, avait mis un grand empressement à faire préparer, sous la surveillance de la dame de Melborne, la livrée militaire du page, et lorsque son fils était rentré d'une promenade matinale :

« Gloire aux Guise, mon Timoléon ; ils n'oublient jamais les lieux où poussent les rejetons d'un brave gentilhomme. Voilà qu'un ordre de ton maître t'appelle sous sa bannière : cette fois, du moins, tu serviras à mieux qu'à figurer dans un bal....

— C'est pour assister aux noces de François, dauphin, n'est-il pas vrai, mon père ?

— Et de la reine Marie d'Écosse.

— Ma bonne tante, vous avez fait un vœu à Saint-Germain de Châtenay, lui demandant de rendre à votre Timoléon repos de l'âme et gaîté...., votre vœu ne sera point exaucé, s'il me faut assister à la cérémonie des noces de Marie.

— François de Guise le veut, jeune gars, — dit le baron avec sévérité.

— Et Marie d'Écosse ne le veut pas, — répliqua Timoléon, oublieux de toute prudence.

— Qu'est-ce ! quel ordre me transmettez-vous là ! Marie d'Écosse ne le veut pas !... et qu'en savez-vous, mon fils ?... Qui vous dit que Marie d'Écosse se soucie du page de son oncle ? D'où vous vient cette outrecuidance, d'introduire dans vos actions et dans vos pensées le nom de la reine dauphine ?... Savez-vous que, si votre folie était connue de l'un de ces furets de cour, qui vont quêtant les mauvais bruits pour irriter l'humeur des princes, le toit de la Bourcadière ne vous servirait plus d'abri ?... Savez-vous que si la grosse tour du Louvre est démolie, les *étouffoirs* de Vincennes et du Châtelet ne le sont pas !... — Et comme le baron remarquait que

I.   I 2

son fils restait muet et consterné. — Écoute bien,
mon enfant, ton père te confie à-la-fois et sa vie
et la tienne; sa vie, car venant à te perdre il
mourrait, et il te perdrait si l'ombre d'un soupçon pouvait naître dans l'esprit du roi Henri....
Tu comprends bien quel crime c'est, chez un
pauvre gentilhomme, de regarder immodestement le visage de sa souveraine!... Je frémis d'y
penser!... Voyons, au terme où est parvenue ta
raison, et au degré où je t'aime, il peut y avoir
fraternité entre nous; les petites confidences dont
un fils rougirait devant son père, ne saurais-tu
me les faire tout bas.... là, comme à un grand
frère, à un vieil ami?... — Il prenait Timoléon
par la main et l'attirait doucement à lui. —
Allons, enfant, regarde-moi et ne rougis pas.
Nature parle, n'est-ce pas? la solitude qui nous
environne a fait fermenter, dans ta jeune imagination, de vagues désirs.... tu veux aimer!...
c'est le vouloir des bons cœurs. Eh bien! faut-

il pour cela aller brûler ta vue aux flambeaux
des Tournelles? n'y a-t-il que la femme de son
roi que l'on puisse aimer?... et ne comprends-tu
pas, imprudent, que cette petite folle, au visage
accort et riant, te laisserait pendre plutôt que de
confesser l'amour qu'elle aurait pour toi... pour
toi, qui te ferais brûler pour elle, peut-être?..
Tandis que, sans trop chercher, tu peux rencontrer, sans péril pour ta vie, avec certitude
de retour, un cœur innocent, un frais minois,
de jolis yeux.... enfin tout ce qu'il faut pour
éclairer la curiosité de ton âge et occuper ta
sensibilité rêveuse.... Tiens, je te le dis, le jour
où je verrai briller un petit attifet d'or sur la
tête de cette petite Maguelone, et monter le
rouge à son front.... dussé-je m'en confesser
deux fois, et faire dire cinq messes en expiation
de sa faute et de la tienne... je fermerai les yeux,
pourvu que ta tante n'en voie rien.... »

Le vieux gentilhomme osait enfin révéler

l'œuvre de prostitution qu'avait prémédité sa prudence paternelle; mais la candeur de Timoléon n'était point préparée à cet aveu.

« Maguelone, mon père! — s'écria-t-il tout interdit; — la chambrière de votre sœur!

— Mordieu! jeune page, trouvez-moi dans les galas de la cour deux têtes aussi jolies que la sienne? — riposta le baron, qui, en exagérant sa complaisance, espérait faire bonne contenance devant la pudeur de son fils.

— Comment, mon père, vous voudriez que votre enfant prostituât la sainteté d'un si noble sentiment, auprès de la fille du bûcheron Gabiou?

— Je veux... je veux... je ne veux rien... mais je serais plus tranquille, te voyant attacher des muguets au corsage de cette petite chambrière, qu'en t'écoutant murmurer le nom de Marie d'Écosse.... Maguelone aura, pour se défendre contre toi, sa vertu... si elle en a; tandis que la dauphine, avec sa vertu, qui peut faillir, aura le bourreau, qui jamais n'a failli, ou tout au moins les guichetiers du Châtelet.... et, d'après ce qui vient d'être dit entre nous, je me range à ton désir... tu n'iras pas aux fiançailles de notre dauphin. Ce soir même je verrai François de Guise, et je mentirai afin de t'épargner un péché plus grand.

» C'est toujours comme cela, se dit le baron en tournant brusquement les talons à son fils; jeunesse ne veut que ce qu'elle ne doit point avoir; le fruit pend-il de l'arbre à hauteur de la main, elle n'a garde d'y toucher; mais faut-il se rompre les os pour y atteindre, elle y saute jusqu'à ce que la branche casse ou le corps se brise..... Aller se mettre en tête cette Marie d'Écosse! s'exposer à dégringoler de l'estrade du lit du dauphin de France! jolie culbute! Pour avoir l'honneur de déposer son pourpoint sur la courtine royale, se mettre dans le cas de faire

accrocher son corps au gibet de Montfaucon !..
Je vous demande si cette Maguelone n'a pas de
quoi satisfaire la convoitise d'un prince ?... J'au-
rais bien voulu qu'on en présentât de pareilles
au feu roi, lorsqu'il bâillait derrière les vitraux
de sa chambre, en la ville de Madrid ! le
digne chevalier ne se serait certes point occupé à regarder si l'étoffe de la dame était de
tiretaine ou de soie ; et, avant de s'enquérir si
elle était dauphine ou chambrière, il n'aurait
pas manqué de lui prouver que, en affaire
d'amour, beauté vaut noblesse.... Mais mon
fils n'est encore que page, et ne connaît pas la
cour. »

Ainsi qu'il en avait prévenu Timoléon, le baron de la Bourcadière monta à cheval avant la
nuit, et se dirigea vers Paris, suivi de deux
serviteurs équipés comme de francs archers ; et à
l'heure même où, dans la grande salle de son
manoir, commençait la veillée, il entrait dans

cet hôtel *Clisson*, vendu par Philibert de Babou
à François de Guise.

« Dame Marguerite de Melborne, toujours
calme, toujours grave; Maguelone, toujours
modeste, toujours pure; Timoléon, plus agité,
plus inquiet, plus triste que jamais : ces trois
personnes formaient un groupe qui resta quelque temps silencieux.

« Petite fille, dit en souriant la sœur du
baron, jamais n'avez été en la grande ville?

— Jamais, Madame.

— Demain, 19 avril, vous connaîtrez donc
au moins un quartier du grand Paris; car
mon intention est de vous avoir en ma compagnie.

— Vous allez demain à Paris, ma tante? —
demanda Timoléon sur le ton d'un brusque
réveil.

— Oui, mon neveu... sous la garde des saints...
et un peu sous la vôtre.

— Sous ma garde, ma bonne tante?... Vous voulez que je vous suive en ce voyage?

— Vous marcherez près de moi, sur ce joli cheval noir que je vous ai acheté avec les sous d'argent de mon épargne; et, par votre bonne mine, vous ferez porter envie à la sœur de votre père, ajouta la dame avec satisfaction.

— Mais, répliqua Timoléon en rougissant, n'est-ce pas demain que l'on célèbre les fiançailles de la reine Marie?

— Aussi est-ce demain qu'à notre belle sainte Geneviève, en qui j'ai une grande foi, je veux adresser d'humbles prières pour la gloire et le bonheur de la royale enfant. »

Timoléon baissa la tête.

« Et le désir de votre tante ne sera point trompé; vous m'accompagnerez, mon neveu?

— Mon père avait jugé raisonnable de me laisser au logis pendant la solennité de demain, malgré que mon devoir m'appelât auprès de monseigneur de Guise ; et, s'il arrive aux oreilles du lieutenant-général que son page a été en dévotion devant la châsse de sainte Geneviève, peut-être m'accusera-t-il de désobéissance. — Cette réponse fut faite avec un visible embarras.

— Vous êtes plus vieux par la raison que par l'âge, monsieur mon neveu, — dit la dame de Melborne avec aigreur ; — qu'il soit fait selon que vous conseille votre sagesse... Maguelone, nous irons donc, sous la seule garde des saints, accomplir ce pieux pèlerinage..... Demain, de grand matin, tu préviendras ton père qu'il aura à nous conduire et nous attendre aux portes de Paris. »

Cela dit, la dame de Melborne, devenue soucieuse, attira près d'elle le rouet de Maguelone, lui fit signe de lui donner ses fuseaux, et se mit à filer.

Maguelone, inoccupée, toute joyeuse d'aller

à Paris, jeta un regard sur le silencieux Timoléon, qui, en ce moment, la considérait, pour la première fois peut-être, avec attention. Elle rougit et détourna les yeux; lui, se trouva de l'avis de son père, et pensa qu'en effet la chambrière de sa tante était bien jolie... mais Marie d'Écosse!... Soudain l'imagination du page de Guise transforma les lieux aussi-bien que les personnes. A la place où était assise la dame Marguerite, Timoléon vit le vieux chêne de la forêt; la brune Maguelone avait pris les traits de la blonde Marie..... et, après avoir pendant quelques instans contemplé cette décevante vision, il céda à l'émotion qu'elle lui causait, dit à haute voix, avec angoisse, avec larmes:

« Madame la reine, adieu! »

Puis, détrompé par le cri de surprise que poussa la dame de Melborne, il se leva brusquement et sortit.

UN BAISER D'ARCHER.

XII

Le lendemain, lorsque la sœur du baron de
la Bourcadière franchit le pont-levis du manoir,
montée sur une mule, et portant en croupe la
fille de Gabiou, elle n'aperçut que le vieux soldat de Pavie pour lui faire escorte.

« Décidément, — dit-elle d'une voix gron-
deuse, — mon neveu continue son rêve.

— Le jeune seigneur est parti pour la chasse
à l'heure où l'on surprend les lièvres au gîte,
dit Gabiou; — mais ma noble maîtresse peut
être certaine que mon arquebuse ferait, au besoin, aussi bien son devoir que la dague d'un
page.

— J'en suis assurée, » — répliqua la dame,
dont la préoccupation n'était pas produite par
la peur.

Et il est vrai de dire que nulle fâcheuse rencontre ne mit à l'épreuve l'adresse de Gabiou et
le courage de la dame. Celle-ci, lorsqu'elle arriva à la porte Saint-Michel (qui prit le nom
de porte d'Enfer, à cause de ce diable qui, faisant résidence en une maison de Vauvert, dont
il prit le nom, troublait, molestait et frappait
les passans); arrivée, dis-je, à la porte Saint-
Michel, la dame de Melborne fit signe à Jean

Gabiou de s'arrêter là et de l'y attendre, et Maguelone adressa à son père un gracieux sourire d'aise et de remercîment.

« Chère petite ! — dit Gabiou, suivant d'un long regard son enfant qui s'éloignait de sa surveillance ; — elle est toute heureuse d'entrer en ce grand chenil à coquins, où restent impuissantes la volonté d'un pauvre honnête homme et la vertu d'une pauvre fille.... Reviens vite, bien-aimée enfant ; car, dans nos bois, si j'ai à craindre la marande d'un moine, je suis là du moins pour te défendre. »

C'était l'heure où, dans cette galerie neuve du Louvre, édifiée par Henri II, entraient en grande pompe François et Marie, pour y être fiancés. M. Brantôme ne dit pas tout ce qu'il sait, lorsqu'il raconte l'émerveillement de toute la cour et la joie des futurs époux ; il fait beau voir ce gentilhomme s'instituer l'annaliste de ses contemporains, et, par peur du horion de la

disgrâce, ménager à la postérité les plus graves
mensonges, sous forme d'éloges. J'ai lu quelque
part, et en bon lieu, car l'historien dont je parle
avait plus d'indépendance de caractère que n'en
n'eut jamais messire *Pierre du Bourdeil*; j'ai lu
que, si au moment de ses fiançailles, François,
dauphin, avait sur le visage la blafarde pâleur
que lui donnait une mystérieuse maladie, la
dauphine avait sur le sien une pâleur diaprée
de taches rouges, due certainement à une mystérieuse inquiétude. Lorsque vinrent se placer à
ses côtés ses deux oncles, le cardinal de Lorraine et François de Guise, on la vit céder à
une étrange curiosité, faire un pas en arrière,
et, dans la foule des gentilshommes, chercher
quelqu'un. Personne ne lui apparut dont le regard pût ou augmenter sa pâleur, ou rappeler
le vermillon sur son charmant visage.

Pour la dame Marguerite de Melborne, elle
suivait paisiblement sa route à travers les rues

désertes du quartier de l'Université, tout le populaire ayant passé la Seine pour se ruer autour du palais du Louvre. Elle approchait de l'église Sainte-Geneviève-du-Mont, la première, alors, entre toutes celles du grand faubourg Saint-Germain; et, tout en cheminant, questionnait Maguelone sur l'impression qu'elle recevait de la vue d'une grande ville, lorsqu'un archer de la garde écossaise, habillé de neuf, comme ceux de son corps, pour la circonstance des fiançailles, noblement monté, et portant fièrement la javeline à son poing, mais se portant de travers sur sa selle, parce qu'il était ivre, fit, à l'aide d'un juron, prendre le trot à son cheval, et le conduisit en ligne avec celui de la dame de Melborne.

« Par saint Henry, dont j'ai changé les orfévreries en vin de Surênes, voilà pour amuser ma promenade ! »

Maguelone, malgré le respect qui pouvait la

I.   13

retenir, pressa vivement la taille de sa maîtresse;
la sœur du baron, supérieure à toute crainte, répondit sans colère et sans émotion au soudard
insolent :

« Vous vous trompez, messire archer ; vous
prenez la sœur du baron de la Bourcadière pour
une de vos parentes ; éloignez-vous, nous n'avons
rien à nous dire.

— Par l'église que j'aperçois, et dont monsieur le tonnerre a rasé le clocher, est-ce qu'un
archer de la garde s'inquiète d'où viennent les
minois, lorsqu'ils sont jolis !... Gardez le vôtre,
chère dame, sous le *loup* noir qui le couvre ;
mais, pour celui de la jeune fille que conduisez
en croupe, je veux lui dire tout ce que j'en
pense. »

Et déjà son bras gauche s'allongeant, cherchait
à enlacer le corps de Maguelone. Elle poussa
un léger cri, fit un soubresaut sur la sellette,
perdit l'équilibre, glissa et tomba assez rudement

pour se blesser aux deux genoux, et s'évanouir.

Marguerite de Melborne poussa un grand cri de détresse ; l'archer, tout ivre qu'il était, voulut donner du secours à la pauvre enfant ; mit pied à terre, et, en chancelant, se pencha sur Maguelone, la souleva en lui appuyant ses lourdes lèvres sur ses lèvres chastes et décolorées.

La sœur de la Bourcadière appelait à son aide.

Toute cette scène avait eu pour témoins deux jeunes gens accoudés l'un et l'autre sur le bord de la petite fenêtre en ogive d'une petite maison à l'enseigne de *Saint-Julien-le-Pauvre*. Jusqu'au moment où était tombée Maguelone, ils n'avaient fait que rire de l'aventure qui récréait leur oisiveté ; mais, lorsqu'ils virent la chute de cette jeune fille, une exclamation de mécontentement leur échappa ; lorsqu'ils surprirent l'impur baiser du soldat, ils disparurent ensemble de la fenêtre. L'archer, riant de sa bonne

fortune, sacrant après les clameurs de la dame
Marguerite, et troublé par le démon de la chair,
autant que par celui du vin, se balançait sur ses
deux pieds mal assurés, et dévorait de ses yeux
avinés ce visage évanoui qu'il s'apprêtait encore
à souiller, lorsqu'une main agile et vigoureuse,
lui arrachant sa javeline, la lui brisa sur la tête;
et, des bras du soldat, Maguelone passait dans
ceux d'un jeune écolier, qui, l'emportant à quelques pas de là, la déposait avec précaution sur
les marches de la maison de Saint-Julien, en
criant à la cavalière affligée :

« Ne craignez plus rien pour elle!... venez
maintenant! quittez votre monture!..... venez
porter secours à cette enfant! je dois un coup de
main à l'ami *Crocoëzon.*

—Bataille! criait l'archer, étourdi par le coup
qu'il venait de recevoir; — bataille! De sales
frères de Saint-Côme contre un archer de la
garde, qui a fait les guerres de Piémont!......

Pouah ! vilains, retournez en vos maladreries ; allez soigner vos lépreux.

— Je te dis que tu mens, soldat de Lorraine ! disait, en se dressant face à face devant l'archer, le jeune homme qui avait porté le coup de javeline ; — tu as sous ta barbe un écolier du collége de *Presle*, qui n'a pas fait la guerre en Piémont, et pourtant châtiera l'impudence d'un ivrogne tel que toi... Pouah, le vilain ; il sent le *cardinal !* »

De tous temps, les écoles de Paris ont été l'expression de sa bourgeoisie ; je veux dire de sa bourgeoisie *avancée* et intelligente. Cet écolier, qui avait nom Crocoëzon, venait de formuler une injure qui révélait toute la haine que l'on portait aux Guise, et surtout au cardinal de Lorraine. L'archer comprit toute l'énormité de l'insulte ; il saisit à la gorge l'écolier du collége de Presle, et l'aurait infailliblement étranglé, si l'autre écolier, le saisissant par une jambe, ne l'eût *lithographié* (pour nous servir d'une expression moderne) sur le sable boueux de la voie publique.

« Dans la mare à Vancourt! crièrent deux artisans accourus au tumulte.

— Dans la mare à Vancourt! crièrent deux vieilles femmes, indignées de la brutalité du soldat.

— Dans la mare à Vancourt! » crièrent deux écoliers du collége de Navarre, tout heureux d'occuper le loisir de leur journée.

De sorte que tant de voix, tant de bras se trouvant unanimes pour porter en ladite mare l'archer de la garde, il y fut étendu en grande tenue et au bruyant déplaisir des canards, effrayés par la chute de leur nouveau commensal.

Ce Vancourt, propriétaire d'une mare devant sa maison, et sur la place même de l'église Sainte-Geneviève, était quelque peu frère de Saint-Côme; il était aussi le barbier des écoles du quartier. Mal lui avait pris d'avoir joué du hautbois et de la guiterne dans les cohues dansantes, et d'avoir enseigné aux grands clercs l'art de Therpsicore; car le clergé de Sainte-Geneviève arguait contre lui de ces mondaines professions, chaque fois qu'il renouvelait devant le chapitre la demande de la charge de sonneur, objet de sa pieuse ambition. Cependant, si le maître Vancourt ne pouvait parvenir à saisir la corde des cloches de son église, il ne laissait pas que d'y être bien vu, à cause des offrandes et largesses dont il gratifiait, chaque dimanche, le tronc de la fabrique. De sa part, c'était calcul et vanité; mais la religion se met peu en peine des causes, et, en matière de dons, n'examine que les effets. La chanoinie témoignait donc au barbier dansomane des égards proportionnés à l'importance de ses aumônes; et, comme un témoignage visible de la faveur dont il jouissait, elle lui avait concédé, à titre d'immunité, la faculté de convertir en mare un trou produit par un effondrement de terrain ; et si la mare à Vancourt était respectée par les sergens-voyers de l'abbaye, ses canards étaient épargnés par la jeunesse des écoles, qui, seulement par accident, et encore dans les rares crises d'effervescence, se permettait au plus le jet d'une pierre ou d'un bâton au travers de la volatile domestique, propriété privilégiée du populaire Vancourt.

Tandis que, jurant et sacrant Dieu, l'archer se démenait, barbotait, et, avec sa tête et ses talons, faisait clapoter l'onde noire et muqueuse de la mare, l'écolier, qui avait emporté dans ses bras Maguelone évanouie, était retourné vers l'endroit où il l'avait déposée. Il y arrivait assez à temps pour la voir s'éloigner et marcher boiteuse, soutenue par la bonne dame de Melborne et par un moine dont le capuce, abaissé sur ses yeux, cachait la moitié de son visage.

« Pauvre petite ! disait la dame Marguerite, — nous allons demander à sainte Geneviève de nous assurer un retour plus heureux que ne l'a été notre venue vers son église. »

Maguelone, encore effrayée et tout endolorie, se taisait, entièrement insensible au convulsif frémissement de la main du moine qui soutenait et pressait un de ses bras, et inattentive au regard ardent que jetait sur elle le brave écolier vainqueur du soldat.

Lorsqu'elle eut mis le pied sur le seuil de l'église, le moine s'écarta d'elle; l'écolier, moins discret, s'en approcha : pendant sa prière devant la châsse de la patronne de Paris, le moine se tenait agenouillé à vingt pas derrière, et l'écolier curieux, debout à côté de la dame de Melborne, contemplait à loisir la suave figure de cette jeune fille, ennoblie et embellie par le sentiment d'un acte d'adoration.

« Petite Maguelone, dit en se levant et à

demi-voix la sœur du baron, — maintenant, j'ai confiance; nous reverrons, sans nouvelle aventure, les clochers de Sceaux et de Châtenay, et la girouette du manoir... Partons.

—Noble dame, dit alors l'écolier à Marguerite, — permettez-vous à un disciple du savant Laramée, de vous aider à remonter sur votre haquenée?... c'est moi qui, tout-à-l'heure, enlevai votre suivante des bras du brutal soudard.

— Bien merci! » dit Maguelon en rougissant.

Sans attendre une autorisation expresse, le jeune homme prit pour Maguelone le soin qu'avait pris le moine, il la soutint, la tenant par le bras; et, comme Maguelone avait dans sa prière retrouvé le calme de ses esprits, elle sentit bien que les doigts de l'écolier la pressaient en tremblant, s'aperçut bien que son jeune visage se voilait de tristesse lorsqu'il lui adressa le salut d'adieu, et sur l'épaule de ce jeune écolier s'appuya inopinément une main ferme et musclée.

« Anastase Beauchêne, — lui cria à l'oreille le trouble-fête de cette admiration amoureuse, — au lieu de suivre la marche de cette cavale portant deux femmes, retourne-toi, examine un peu ce qu'il y a sous le porche de Sainte-Geneviève.

— Je ne vois qu'un moine, — répondit l'autre, obéissant au mouvement que lui imprimait son ami.

— Et ce moine, qui regarde-t-il avec ses yeux escarbouclés ?

— Moi ou toi, apparemment.

— Toi seul, modeste que tu es ; c'est toi qui as l'honneur d'irriter la bile de ce franciscain...

— Je ne l'ai jamais vu !

— Non ; mais tu as vu la jeune fille qui s'éloigne, et lui, il la connaît... Tandis que, comme un étourdi moineau, tu allais te percher sur la marche de la tombe de sainte Geneviève, moi je me tenais auprès de ce cordelier... de dessous son capuce, il couvait la jeune fille, et je l'ai entendu murmurer, en sanglotant, le nom de Maguelone... Crois-moi, laisse là les fauvettes qui font leurs nids dans les cloîtres... je suis de l'avis de notre *Ramus* : « Ce qui appartient aux moines relève du diable. »

LES NOCES.

XIII

Jean Gabiou, en revoyant sa fille, lui dit qu'elle était bien pâle. La dame de Melborne l'instruisit avec bonté de l'accident qui leur était arrivé, et le vieux soldat s'écria avec colère et douleur, que jamais, au temps des grandes guerres, il n'avait, fût-ce chez l'ennemi, insulté une femme, ni fait rougir une pauvre jeune fille. Peut-être exagérait-il un peu en s'accordant cet éloge; mais sa tendresse pour son enfant y trouvait une consolation, et oubliait les attentats horribles commis à Cabrière et Mérindol, par les troupes de François Ier.

Lorsque vers le déclin de la journée la dame Marguerite fut arrivée au castel de la Bourcadière, elle apprit avec surprise que Timoléon, monté sur un cheval noir, et costumé à la livrée de Guise, était parti pour Paris : démarche qui, n'étant ni annoncée ni permise, ressemblait fort à une brusque fantaisie de la tête d'un amoureux.

Amoureux, en effet ! la matinée avait paru longue et douloureuse à celui qui l'avait passée tout entière au carrefour *du Chêne à la jeune Fille,* occupant sa solitude à attendre les coups de l'horloge : et lorsqu'ils eurent sonné deux heures, moment indiqué pour les fiançailles de Marie Stuart, il s'était écrié avec une extraordinaire impatience :

« Je veux la voir !... l'épouse ne me reconnaîtra plus ; que la fiancée, du moins, me reconnaisse encore, rougisse et frissonne à ma vue... je veux me présenter devant elle !... qu'elle s'irrite contre ma désobéissance et mon audace, qu'elle me désigne à la colère de ce pâle dauphin... que m'importe ! » Et pendant sa course vers le manoir, il avait achevé mentalement toutes les conjectures les plus déraisonnables sur l'effet de sa présence auprès de la reine dauphine.

Il arriva à ce hasardeux courage, ce qui toujours vient à la suite des grands transports de l'imagination, le découragement, la timidité, le *n'oser plus*; recul funeste qui détruit l'avenir des grands projets, car les *reprises* de résolutions

I.   14

manquent ordinairement d'élan et d'à-propos.
L'homme qui pourrait n'agir que sous l'influence
de la première impulsion, déconcerterait toutes
les intrigues de l'envie, franchirait les trous et les
barrières, marcherait sur le corps de ses ennemis,
et n'arriverait au terme de sa course qu'après
avoir accompli de grandes choses. Il se rencontre bien parfois dans le monde quelques
natures organisées pour agir ainsi, mais Dieu
permet qu'elles émoussent leur énergie contre
l'obstacle des fausses convenances, et qu'elles se
laissent tromper à ce mot : *attendons !* mot que
des peureux et des traîtres ont mis dans la
bouche de la prudence.

Lorsque, heure de minuit environ, le duc
de Guise revint, après avoir quitté le bal donné
au Louvre, de chez cette dame dont il portait
si fidèlement les couleurs incarnates, il vit quelqu'un à demi-couché dans le fauteuil ducal, ornement de son grand cabinet ; il s'approcha et

reconnut son page Timoléon de la Bourcadière qui dormait.

« Ouais ! — se dit le prince, — voici un tourtereau qui s'est abattu sur un grand chêne! et frappant légèrement sur le bras du jeune homme : — Duc, Monseigneur duc, éveillez-vous! quittez votre siége de cérémonie ; c'est l'heure de se retraire sous la courtine.

— Ah ! s'écria Timoléon, en se dressant sur ses jambes et avec le trouble d'une pénible somnolence ; — ah ! je dormais, c'est vrai; j'ai tant pleuré!...— Et, aux clartés des flambeaux, reconnaissant François de Guise, il se recula respectueusement :

— Monseigneur !... grâce... j'attendais... la veillée m'a paru longue...

— Et pour avoir un beau rêve, tu t'es couché dans mon fauteuil... l'épreuve a-t-elle réussi?... Voyons, pendant ce sommeil étais-tu duc, prince ou dauphin?.... Dauphin, je gage... prends-y

14..

garde, fils de la Bourcadière ! et maintenant que je te vois bien éveillé, je veux bien t'apprendre un dicton qui devra te conseiller pour tes amourettes : *Qui a mangé l'oie du Roi, cent ans après en regorge la plume...* et sur ce, Dieu te garde... Conduisez cet enfant en la chambre de son oncle, le nouveau capitaine de la garde écossaise. »

Le dicton cité par François de Guise avait été compris par Timoléon ; aussi, n'eût été la tristesse profonde qui noircissait toutes ses pensées, on aurait difficilement soupçonné les folles et téméraires entreprises qui naissaient, mouraient et renaissaient à toute heure dans la tête malade de ce jeune homme, durant les quatre jours qui précédèrent les noces de Marie Stuart.

Et le dimanche 24 avril s'étendit, de l'hôtel des Tournelles à la cathédrale de Paris, le somptueux cortége qui conduisait les époux royaux.

Le grand milieu de la place Notre-Dame était
occupé par un échafaud sur lequel on avait
dressé l'autel ; car l'usage défendait aux princes
d'entendre la messe de leurs noces dans l'enceinte même de l'église. En ce temps - là le
plancher des échafauds portait les fêtes aussi-
bien que la mort; tantôt la noce et tantôt le
bourreau : mais comme il est arrivé que celui-ci
s'y présentait plus fréquemment, on a fini par lui
en laisser l'exclusive possession, et maintenant
il n'y a pas de prince montant sur une estrade,
qui, dominé par une involontaire et poignante
allusion, n'assure son pied sur la marche, et
ne s'affirme mentalement que cette estrade n'est
point un échafaud.

Donc, sur ce portatif plancher, assis en la
place Notre-Dame, vinrent se ranger derrière
François, dauphin, et Marie d'Écosse, le roi
Henri II, la reine, les princes, les courtisans,
les pages, les dames, et une compagnie de la

garde écossaise... foule soyeuse et dorée ; et, en
bas, sur un plus solide plancher, sur le pavé, un
flot agité, une masse noire et brune, la foule
payant l'impôt, la foule ayant faim de pain
et de spectacles ; la foule aux grands yeux et à la
grande voix, attendant, toute avide, ce cri :
largesses ! signal d'une pluie d'argent recueillie
par ces mêmes mains, qui, selon le temps,
selon l'heure, servent de tronc pour l'aumône
ou d'instrument pour la ruine.

L'histoire a décrit le costume que portait,
dans cette solennité, la belle épouse de François,
dauphin : « elle était, dit de *Serres,* vêtue de
blanc comme lis ; à son cou pendait une bague
de valeur inestimable, avec carcans, pierreries
et perles ; et sur son chef, brillait une couronne d'or, garnie de perles, de diamans, de
rubis et de saphirs. »

Distraite par le carillon des cloches, par les
cris de toutes les musiques, par les *vivat* du

peuple, par les pompes de ce spectacle, Márie, qui avait pleuré toute la nuit, se prit à sourire, et voyant ce sourire, un page de François de Guise sentit des larmes inonder son visage.

Un fait à remarquer, c'est la courtoisie, le bon vouloir que, dans tous les temps, les monarques, aussi-bien que les chefs des républiques, ont affectés à l'endroit du peuple, chaque fois qu'un devoir ou une cérémonie les ont amenés sur la place publique. Les puissans du monde, lorsqu'ils se tiennent abrités derrière la vitre de leurs palais, et qu'ils voient ce peuple sous la pluie, sous la grêle, dans le tourbillon du vent, macéré par le givre et le froid, ils se disent confidentiellement : « Souffre, manant ; souffre vil populaire... ta condition misérable me venge des malédictions que tes factieux caprices lancent après moi dans tes momens d'oisiveté ou de colère ! » Une circonstance fait-elle que les portes du palais ou de l'hôtel doivent s'ouvrir, que le maître doive en sortir pour se mêler à la cohue ou se montrer à elle : voyez les gestes affables, les accortes manières! il semble vraiment que l'égalité entre tous les hommes soit le plus cher des droits et le mieux observé.

Certes, si jamais haine et mépris furent largement accordés au peuple par les grands, c'est bien sous le règne de ce Henri II, « grand prince, dit le sire de Bourdeille de Brantôme, qui tierçait à la paume mieux gentilhomme de France! » Prince doux et tempéré, dit de *Serres*, mais facile à croire aux complots, mais trop affriandé par les bûchers de l'Estrapade.

Pauvre peuple! grande était sa misère en ce temps-là, et profonde était l'insouciance des grands à la soulager : il était décimé par les guerres, pressuré par les impôts, persécuté par les religionnaires, violenté par les seigneurs; et, de 1528 à 1533, il venait de subir une de ces famines qui vouent à l'exécration de l'histoire les gouvernemens qui n'ont su, — sinon les prévenir, — au moins les soulager. Paris surtout, Paris offrait l'horrible aspect de toutes les abominations de la détresse et de la souffrance : hommes, femmes, enfans et vieillards allaient par les rues hurlant, pleurant et grelottant ; et des groupes entiers tombaient morts sur des fumiers, où venaient s'asseoir, pour y chercher le plus infect aliment d'autres groupes, dont les corps étaient ballonés, dont les visages étaient noircis et desséchés par les convulsions de la faim ! Et cela dura six ans !.... et pendant ce temps la cour étincelait dans les tournois ! et pour toute vengeance, le peuple chantait deux mauvaises rimes, dont la plus grande injure retombait sur la poésie, qui cependant n'était pour rien dans ses malheurs :

Le peuple *excuse* Henri, maudit Montmorency,
Hait Diane surtout, ceux de Guise aussi.

Il arriva, pour en revenir à mon dire sur la

courtoisie des princes aux jours de cohue, que,
pendant ladite cérémonie du mariage du dauphin de France, comme la troupe formait un
épais cordon autour du grand échafaud et
obstruait les regards du populaire, Henri II
lui-même, fit à plusieurs reprises écarter les
hallebardes, voulant, criait-il avec un sourire
de bonté, « que les manans de sa bonne ville
vissent à loisir leurs bien-aimés seigneurs. »

Au moment où la cour descendait de l'échafaud pour entrer dans Notre-Dame, un étourdi
ou un maladroit, quittant son rang, vint en tré-
buchant se porter en avant, et près de Marie
Stuart; le dauphin le repoussant de la main,
lui dit avec humeur :

« Arrière, page mal appris. »

Le dauphin ne se doutait pas que ce page, qu'il
croyait audacieux, était saisi d'un vertige et sur
le point de perdre le sentiment, à ce point que
lorsque le fils du roi l'eut touché, il tomba

comme frappé de la foudre aux pieds de la dauphine. Cette princesse n'y fut point trompée, en voyant rouler sur les marches Timoléon de la Bourcadière ; elle pensa aussitôt qu'un désespoir d'amour l'avait ébloui et abattu : qu'y faire, en cet instant solennel ? elle cacha son visage dans son mouchoir, étouffa sur ses lèvres le cri de douleur qui allait lui échapper ; mais elle redressa vivement la tête et chercha à reprendre contenance, lorsqu'elle entendit le Florentin *Ruggieri*, lui dire bien bas à l'oreille : « Ceci vous avertit, notre dauphine, que, par l'effet de vos beaux yeux, mal d'amour vaudra mal de mort. »

Ruggieri était l'un des confidens de Catherine de Médicis ; en l'hotel de *Soissons*, que la reine venait de faire terminer, rue des Deux-Écus, il mettait à l'épreuve la crédulité de la fille des Médicis, et comme celle-ci croyait en lui, la cour le respectait : Marie d'Écosse subit sans se plaindre son hardi propos; elle ne pouvait prévoir qu'il fût dans sa destinée de le justifier.

Cet incident mit un peu de trouble dans l'ordonnance du cortége; mais Timoléon une fois emporté hors de la vue des princes, personne ne parut y songer.

La politique des Guise avait accompli son œuvre; sur la tête de leur nièce allaient être superposées, par droit de succession, trois couronnes; celles d'Écosse, d'Angleterre et de France : trois reines en une seule et faible femme, et les deux Guise savaient bien à qui confier le maniement de ces trois royautés. Philippe II devait porter la première atteinte à ces ambitieux projets, en laissant la vie et le trône, après la mort de Marie d'Angleterre, sa femme, à Élisabeth que réclamait le bourreau.

Quoi qu'il dût arriver, 24 avril 1558, Marie Stuart était dauphine de France; les Guise se

rapprochaient davantage du trône, et Timoléon
de la Bourcadière expiait, dans les souffrances
d'une fièvre délirante, son fol amour pour une
princesse promise, vierge et martyr, à la couche
du triste François, dauphin.

LA NUIT DES NOCES.

XIV

Arrivé dans la chambre à coucher de François, dauphin, le romancier scrupuleux s'arrête sur le seuil et consulte l'histoire : il veut que l'authenticité soit acquise à son drame, et il

I.   15

impose silence à son imagination, décidé à renoncer aux péripéties permises à toute fabulation, plutôt que de faire injure à la vérité, plutôt que de travestir des faits et des hommes, conservés dans la mémoire de la postérité pour servir à son enseignement.

Certes, si jamais la perversité de la politique s'est appesantie sur une époque et sur un homme, c'est bien sur cette époque du seizième siècle, sur cette jeune tête du fils de Henri II.

J'ai consulté tous les monumens historiques ; j'ai interrogé dans leurs manuscrits, dans leurs vieux livres, les investigateurs consciencieux de la vie des princes qu'ils ont vus, et des événemens au travers desquels ils ont passé : et après l'examen des intérêts, des mauvaises passions des princes comme des religionnaires, j'ai tiré l'induction rationnelle d'un fait contestable, contesté, et que je viens affirmer.

A l'heure où commençait à s'avancer la fête

nocturne des noces, dans la chambre à coucher qui attendait François, dauphin, et Marie Stuart, devant la grande alcôve, cachette d'amour où allaient se rencontrer jeune fille de seize ans et jeune homme de quinze, se tenait, illuminé par la clarté de vingt bougies de cire rose, un homme qu'à son costume, mi-parti vert et blanc, on aurait reconnu pour un serviteur du dauphin; le lieu où il se trouvait annonçait assez qu'il était préposé au service intime du prince; il était debout, immobile; sa tête, sur laquelle quarante-cinq hivers avaient passé, s'inclinait sur sa poitrine, et son regard plongeait dans les profondeurs de l'alcôve. Certes, ce n'était point une folle et vaine pensée de luxure qui le retenait à cette place; à l'agitation musculaire de sa physionomie, on pouvait se douter que son esprit était en lutte avec un projet hasardeux et sinistre. Un gros soupir lui échappa, puis un geste d'impatience, comme s'il se fût dit : « Diable soit de la chose !..... je ne veux pas ! »

Deux coups légers se firent entendre derrière
une tapisserie de l'appartement; le serviteur tressaillit, parut hésiter; on frappa de nouveau, il
fit un geste de résignation, alla soulever un pan
de tapisserie, et livra le passage à un personnage
dont le costume était noir, la ceinture garnie
d'une longue dague espagnole et le visage mas-
qué.

« C'est moi, Grégor, — dit le nouveau venu
en se démasquant.

— Ah ! Monseigneur, — reprit le valet d'une
voix consternée, — j'espérais ne vous voir qu'en
rêve, cette nuit !

— Qu'est-ce à dire, maître Grégor ?

— Je dis que c'est mal de troubler, par poison
et maléfices, une nuit de mariage.

— Aussi, prévoyant tes scrupules, la dame
Marie te fait ce présent de noces. »

Une bourse tomba dans l'escarcelle de Grégor.

« Oh! la dame Marie est généreuse! — dit celui-ci avec dégoût. — Sur les gros subsides qu'elle demande à son parlement, elle prélève une petite somme pour son bon ami Grégor!... Et ceux de la religion, maître, que me donnent-ils pour fêter ces deux jeunes époux?

— Dans cette boîte en argent, quelque peu des cendres ramassées au dernier bûcher de l'Estrapade.

— De sorte que par moi, mon doux Seigneur, l'Angleterre sera préservée d'un roi français, et les religionnaires seront vengés?... C'est trop de besogne à cette heure; je ne puis plus rien contre le dauphin.

— Comment! — s'écria le mystérieux visiteur.

— Ce que nous avons fait jusqu'à ce soir n'a que trop réussi; et, je dois le dire, avec une adresse sans égale, j'ai embéguiné la tête malade de mon pauvre maître... Tel je plaçais son serre-tête, heure du coucher, tel je le retrouvais au matin ; et pendant la durée de la nuit, ma poudre blanche avait rougi et creusé le mal... Mais mon adresse maintenant sera déjouée... la coiffe sera dérangée par les ébats de ces deux tourtereaux, et le regard de la fine Marie reconnaîtra ma poudre... et je serai brûlé vif !... Assez d'empoisonnement comme cela.... je veux vivre ! Quant au dauphin, n'ayez crainte qu'il règne ! la plaie est profonde, et son corps mal attaché, mal nourri par un sang blanchi, se verra mort au premier matin... Je vous le dis, mon seigneur, inutile de poursuivre ma tâche ; les chaudes caresses de Marie d'Écosse travailleront plus que moi au contentement de Marie d'Angleterre.

— Grégor, la mort du président Antoine Faucher est-elle vengée ?

— Non pas, certes, que je sache.

— Et tu n'as cessé de chérir ton fils *Stuart ?*

— Si je l'aime ! le valeureux enfant !

— Fais donc pour son salut ce que tu re-
fuses de faire par reconnaissance pour la femme
de Philippe II.

— Mon fils est-il arrêté ?

— Il peut l'être.

— C'est-à-dire qu'il est en otage entre vos
mains ? — Ici, Grégor reprit une attitude silencieuse et méditative, puis laissa échapper par
jets de voix ces paroles, que se garda bien d'a-
bord d'interrompre son persévérant interlocuteur :

— Montécuculi, l'échanson, en eut bien plus
tôt fini avec François, fils aîné du feu roi ! et
cependant Charles-Quint le paya plus grassement
que ne me paie son successeur !... Sir Willams
Canterbury, combiner la dose du poison avec
le progrès raisonnable d'une maladie qui doit
paraître naturelle, c'est bien long ! .. Voilà deux
ans que j'y suis !... Il est bien pâle, bien débile ;
ses plaies scrophuleuses sont bien envenimées,

mais il vit encore !... Si vous saviez comme ma main est lourde et froide, lorsqu'au pansement de chaque soir je lui jette cette poudre infernale.... Quelle pitoyable manière de tuer un homme !... Mais je comprends, parce que l'agent de Charles-Quint fut trop prompt, celui de Philippe II doit être lent !... Après cela, quelle atroce cruauté !

— Grégor le lettré, — interrompit sir Willams avec impatience, — au dernier conciliabule des religionnaires, une terrible citation historique vint de vous, et elle nous enflamma tous de colère et d'enthousiasme. — François Ier, disiez-vous, brûlait les luthériens en Estrapade, et traitait avec leurs princes !... Ce roi très-chrétien livrait à Soliman les catholiques que massacrait Barberousse sur les côtes d'Italie !... — Mort pour mort, trahison pour trahison.... la nôtre ne frappe qu'un homme et en sauvera des milliers....

« — Assez ! assez ! ne dites plus un mot, sir Willams... c'est convenu... je l'attends !

— Et encore, — reprit l'Anglais, — je voulais m'assurer si le cérémonial ne troublerait pas votre main ?

— Non. Pour éviter le dégoût de Marie d'Écosse devant la laide maladie du dauphin, il a été décidé que les préparatifs du coucher se feraient en un retrait voisin de cette chambre, et sans témoins ; la cour reconduira les époux, et se retirera aussitôt.

— Adieu donc, Grégor ; accomplissez votre œuvre, et le plus riche clan d'Écosse deviendra votre domaine.

— Ainsi soit-il ! » répondit le valet assassin. Comme il relevait la tapisserie sur la tête de Canterbury, le son des sistres et des violes se fit entendre : c'était le cortége nuptial.

Les femmes de la dauphine se présentèrent, et allèrent se ranger sous l'alcôve, au chevet du

lit; Grégor se plaça sur la même ligne, mais
aux pieds de la royale couchette.

Vinrent Marie Stuart et le dauphin, le roi,
la reine, les princes, les deux Guise.... Le dauphin mit un genou en terre, et, regardant sa
femme, lui dit avec plus d'amour que d'énergie :

« Vous êtes la dauphine de France.... soyez
ma dame et maîtresse !... Dieu et le roi prennent
sous leur garde la lignée que la France attend
de vous. »

Après ces paroles, qui firent rougir et pleurer
Marie Stuart, Henri II et Catherine de Médicis
embrassèrent leurs enfans; les princes baisèrent
la main de la dauphine; le cardinal de Lorraine
bénit la couche des époux.... et tandis que tout
le monde se retirait, M. de Bellegarde, qui
venait de quitter le froc, dit à M. de Martigues :

« Compère, saurais-tu pas si l'usage de mettre
à nu les époux enfans de France, afin de voir

s'ils sont formés pour se reproduire, aurait été oublié pour cette petite Écossaise ?

— Ma foi ! répondit M. de Martigues, on aurait dû te rendre ta robe, elle t'aurait peut-être donné droit de présence à la visite.... Dans tous les cas, si elle n'a point eu lieu, c'est par égard pour M. le Dauphin.

— Silence, muguets ! — leur dit le baron de la Bourcadière. — Isabeau de Bavière aima cet usage et s'y conforma, parce qu'elle était impudique..... notre dauphine est belle et chaste !....

— Entends-tu le vieux restre ? — dit Bellegarde à l'oreille de son compagnon ; — il s'amende, depuis que le dauphin a fait cheoir son neveu. — Et avec l'insolente confiance de tout jeune grand seigneur parlant à bourgeoisie ou petite noblesse : — M'est avis, monsieur le Capitaine, que votre fils eut tort de s'agenouiller, ainsi qu'il l'a fait, devant notre dame ; il ferait beau visage à cette heure devant l'alcôve des époux. »

Le pauvre père se sentit serrer à la gorge, par la honte et par la colère, en entendant ces effrontés propos.

« Que disent ces enfans ? demanda François de Guise, qui venait de remarquer ce colloque animé.

— Monseigneur, — répliqua vivement le baron, — ils disent que leur mère les mit au monde trois mois après le mariage, pour faire voir comme ils auraient d'esprit, — étant si précoces.»

C'est avec de tels mots qu'en ce temps-là on mettait les rieurs de son côté.

Tous les importuns s'étant retirés de la chambre des époux, il se passa entr'eux une scène muette dont l'expression ne pourrait jamais être reproduite par la phrase écrite : Marie Stuart au désespoir, et ne voulant laisser voir que l'effroi de sa pudeur; le dauphin, tout-à-coup amoureux d'un amour sans discernement, sans

générosité ; se souhaitant la délicieuse impudence du plaisir, et ressentant la honte de n'être
pas tout ce qu'il voudrait être, de ne pouvoir
réaliser tout ce que supposait son imagination.

Avide de voir et de connaître, et redoutant d'être
vu, la netteté et beauté corporelle lui semblaient,
pour la première fois, un attrayant et précieux
avantage, car il contemplait, avec des regards
nouveaux pour lui, les chairs si pures du cou et
des seins adolescens de la belle Marie.

Marie s'élança sous l'alcôve, et, pour cacher
son visage, s'appuya sur la comtesse Raimbault ;
Grégor fit un pas en avant.

François, dauphin, l'aperçut et perdit tout-
à-fait contenance, parce que la fièvre des sens
disparaissait ; parce qu'il retrouvait devant le
valet de chambre, confident de son infirmité,
le sentiment du mal qui déparait sa jeunesse.
Un geste de Grégor avertit le jeune prince ; il
sortit brusquement de la chambre.

LE PANSEMENT.

XV

Le fils de Henri II s'abandonna dans les bras de Grégor, et, en pleurant, lui dit :

« Cette nuitée m'est odieuse, autant qu'elie a paru désirable à tous ces impudiques de la cour!... Grégor, j'ai honte de moi!

— Mon doux maître et seigneur, — répliqua l'Écossais, — retenez ces larmes et reprenez confiance. Vertu d'amour est une inspiration qui triomphe de toute modestie comme de tout obstacle...

— Non de ce dégoût qui doit naître auprès d'un corps si malade que le mien! — s'écria le dauphin avec une impatience douloureuse. — Mais tous les vilains péchés de luxure commis par ceux de ma race, seront donc châtiés sur ma personne! — reprit-il avec colère. — Innocent comme je suis, je porte les taches des vieux vices et des vilains plaisirs!... Fils de roi, je fais mentir la vertu des rois qui guérissent des écrouelles!... et tous ces fardemens inventés par ce Michel de Nostredame n'y ont rien fait!.... et ces parfums de Florence, qui rendent ma mère si belle, n'ont pour moi aucune vertu!... et ce *Jean Fernel* n'y peut rien! et ce Willams Canterbury, qui avait promis guérison à mon corps, énergie à mon âme!... le maître Willams n'a-t-il rien dit ce soir?

— Vraiment si, Monseigneur. Il est venu à l'heure où je préparais le luminaire de votre chambre....

— Eh bien! Grégor, n'a-t-il rien apporté qui puisse cacher mon mal?... ne s'est-il pas affligé du chagrin qu'aurait en cette nuitée d'hyménée, le malheureux dauphin?

— Il a dit que toute crainte devait être bannie de l'esprit de mon maître.... que ce grand bonheur de posséder la belle Marie Stuart serait apprécié par le dauphin, sans qu'il lui en coutât ni honte ni souffrance; la chaste retenue de la dauphine la garantirait de toute curiosité....

— Grégor, tu as gardé mon secret! à aucune des suivantes de la reine tu n'as confié la misère de ton maître?

— Ma vie est à Dieu, Monseigneur, et ma langue est à vous....

16..

— Bien, Grégor, bien.... Et ce Willams ?... Je serai roi d'Angleterre, et j'ai peur des Anglais !

— Willams Canterbury est docte autant que discret.

—Bien... de mieux en mieux... je ferai sa fortune !.. Aide-moi, Grégor, à me dépouiller de cet or, de cette soie, de toutes ces riches étoffes qui accablent mon corps si frêle.... qui me présentent puissant aux yeux du peuple, et qui, jetés bas, me laissent sans force auprès d'une femme!.. Que la dauphine est jolie!.. Ce soir, en ses atours, elle a réveillé tous les beaux souvenirs de nos vieillards, et irrité la jalousie de Mme de Valentinois.... Les beaux yeux bleus ! le gentil corsage!... — La toilette de nuit du dauphin s'achevait, tandis qu'il pensait, tout haut, aux charmes de Marie. — Et maintenant, reprit-il d'une voix triste, — affuble-moi de cette coiffe ; prends garde qu'elle laisse deviner mon mal !...

Tout le jour, j'ai si peur que ce semblant de chevelure ne le laisse à découvert!... Grégor, *Estienne de Vaeze*, valet de Charles VIII, devint duc et ministre; quand je serai roi, tu seras baron... Digne serviteur, tu prends soin de moi; tu m'aimes, comme un pauvre honnête homme du peuple aime son enfant! »

La main de Grégor tremblait en touchant la tête du prince.

« Sais-tu pas, — continua le dauphin, — il y a un remède certain pour les maux les plus incurables? Ce matin, au retour de la cathédrale, le cardinal de Lorraine affirmait que, comme le sang des enragés guérit de la rage, le sang hérétique guérissait toute plaie, fût-elle invétérée; voire encore la cendre d'hérétique.... Grégor, nous aurons de cette cendre. » Et avec adresse, avec rapidité, Grégor, à la faveur du pansement, insoufflait dans l'oreille du prince la poudre empoisonnée, et sur la plaie scrophuleuse qui existait au sein droit du dauphin, il appliquait une compresse saupoudrée de venin.

On gratta à la porte du retrait.

« Monseigneur, — dit l'Écossais, — la dame Raimbault nous avertit que le luminaire est éteint dans la chambre de la dauphine.

— Mon bon Grégor, — répondit le dauphin d'une voix émue, — ceux qui l'entendraient dire pourraient-ils jamais croire qu'en effet tant de tristesse pût se mêler à tant de bonheur, et si peu de confiance à tant d'amour! »

Et, enveloppé dans une robe de drap d'argent, doublée d'hermine, il ouvrait la porte de la chambre silencieuse et obscure, où, dans son lit de parade, Marie Stuart, glacée et tremblante, pleurait tout bas.

Et le valet de chambre Grégor, fermant la porte sur son maître, dit entre ses dents :

« Fragile dauphin, impuissant époux, vas étreindre la mort... puis laves tes mains dans le sang hérétique.... tu n'en guériras pas, je le jure à Marie d'Angleterre !

MANGE DU RABELAIS.

XVI

Dans la chambre même de Marguerite de Melborne était dressé un lit; lit de malade, sur lequel gissait Timoléon de la Bourcadière. Il souffrait de ce mal affreux, la déception du premier amour. Tout éveillé, tout animé par la fièvre, il rêvait, il poursuivait, les yeux grands ouverts, avec des cris haletans, ce rêve épouvantable, le spectacle d'une femme aimée dans les bras d'un rival! Et comme dans ses cris il ne se trouvait jamais qu'un nom, celui de Marie Stuart, la bonne dame Marguerite, son frère et Maguelone empêchaient à tout serviteur du manoir l'accès de cette chambre.

Le cinquième jour depuis le mariage du dauphin, *Jean Fernel,* premier médecin de Henri II, se fit annoncer au baron. Admis au chevet de Timoléon, il le contempla avec intérêt; puis, comme s'il eût voulu consulter à loisir l'affection de son malade, il fit signe que l'on eût à le laisser seul avec lui.

Le page de Guise avait en ce moment toute sa connaissance; il fut fort troublé, reconnaissant devant lui le médecin favori de Catherine de Médicis.

« N'ayez crainte, enfant, — lui dit Fernel ; — à votre mal, je ne connais d'autre remède que la résignation et la vertu... Pourtant, mon expérience m'indique qu'il n'y a point d'inconvénient à essayer d'un calmant venu, ne sais comment, en ma puissance. Comme je sortais hier de l'Hôtel-Dieu de Paris, une femme s'est approchée de moi... quelque peu vieille, à en juger par la largeur de son loup et l'épaisseur de sa taille..... et me glissant dans l'escarcelle bon nombre de *carolus* d'or, elle me dit sur le ton, vraiment, dont on parle à la cour : « Maître Fernel, demain, au lever de l'aube, laissez mourir ceux qui sont ici sous la garde des filles Saint-Augustin, et, sur votre mule, chevauchez vitement hors Paris, vers le terroir de Châtenay-les-Bagneux..... Vous monterez dans la forêt, demandant la girouette du manoir de la Bourcadière. Là, un enfant, naïf et bon, est, dit-on, alité et souffreteux... Vous aviserez, avec votre

science, si son mal est grave et guérissable ; et,
pour détourner ses pensées de trop fâcheuse influence, lui donnerez hardiment ce billet. — Le
voici, ajouta Fernel ; quant aux *carolus* donnés
en la maison du pauvre, ils retournent aux pauvres. »

Timoléon, qui était bien pâle, parce que la
fièvre l'avait un instant quitté, rougit beaucoup
en déroulant un petit parchemin qui portait avec
lui une douce senteur.

« Lisez, mon enfant ; ne soyez inquiet de ma
présence ; lisez, puisque là, sans doute, est le
calmant »

Le malade, avide de lire, assura son regard
sur des caractères propres, finement tracés, et
lut ces mots :

« Au livre de Judith, chap. VIII, verset 33,
» on voit ces lignes : *Je ne veux point que vous*
» *vous mettiez en peine de savoir ce que j'ai*
» *dessein de faire ; et, jusqu'à ce que je vienne*

» *moi-même vous dire de mes nouvelles, ne*
» *faites autre chose que prier le Seigneur notre*
» *Dieu pour moi.*

» Et, pour que ne trouviez pas trop de gai
» vouloir dans ces paroles, lisez encore ceci au
» livre de Ruth : *Noëmi leur dit, ne m'appelez*
» *plus Noëmi, — c'est-à-dire belle ; — mais*
» *appelez-moi* MARA, *c'est-à-dire amère, parce*
» *que le Tout-Puissant m'a toute remplie d'a-*
» *mertume.* »

— Elle est donc triste? demanda naïvement
Timoléon au médecin. »

Fernel sourit, redit à son malade de se rési-
gner, de reprendre courage, et sortit.

Timoléon comprit bien qu'il devait obéissance
au texte du *livre de Judith;* et, peu à peu, il
descendit en esprit de ces hautes régions illuminées par l'éclat de la royauté; régions incessamment traversées par les orages, incessamment infectées par deux vices endémiques,

mensonge et ingratitude. Le bon jeune homme revint sur terre; son intelligence refroidie, parce qu'elle était moins malade, envisagea les choses sous leur réel aspect; il cessa de se croire élevé au niveau d'une couche royale; il ne la regarda plus que d'en bas; apprécia l'immense intervalle qui l'en séparait... gémit, versa d'abondantes larmes, mais résolut d'aider, par l'effort de sa volonté, au secours de l'art, afin de reconquérir la santé.

Marguerite de Melborne y mettait tous ses soins; le baron de la Bourcadière y consacrait des prières ferventes, car sa tendresse pour son fils le ramenait à la meilleure des dévotions, celle qui parle à Dieu, et, en s'humiliant devant lui, s'y confie. Maguelone, éclairée dans l'exercice de ses devoirs nouveaux, par l'indulgente sollicitude de la dame Marguerite, contribuait de son mieux, et avec efficacité, aux effets de cette vigilance secourable qui hâtait la convalescence de Timoléon.

Après vingt jours d'alitement, il put se lever, aller respirer dans la forêt la douce influence des premiers beaux jours du printemps. Sa tante et Maguelone le soutenaient dans ses premières marches; le plus souvent Jean Gabiou les suivait, et, pendant ces promenades, l'éternel sujet des causeries de la dame de Melborne, c'était la mauvaise rencontre de l'archer de la garde sur la place Sainte-Geneviève, et la valeureuse assistance qu'elle avait reçue de deux beaux écoliers.

Le page de Guise, en vrai gentilhomme, objectait que le fait des écoliers était bien irrévérencieux à l'égard d'un archer portant la livrée noble du roi; qu'il leur aurait été possible d'empêcher le garde de mal faire, sans pour cela faire offense à ses insignes. Maguelone, enhardie par la bonté de sa maîtresse, disait que le roi lui-même aurait sans doute laissé châtier un archer assez mal appris pour épouvanter et mettre en peine deux faibles femmes.

1.   17

« D'ailleurs, reprenait la dame Marguerite, à soldat noble, écolier de noble sang! Le gentil visage, les gracieuses manières et l'ardent courage de celui qui fit choir le soldat, justifient entièrement ma favorable prévention... Le vites-vous, petite Maguelone?

— Je le vis près de la châsse de la sainte.

— Que vous en semble, petite fille, qui, dans cette aventure, m'avez causé tant d'émoi?

— J'étais endolorie par la chute, effrayée, saisie de respect pour la sainte.... Je ne vis qu'un jeune homme, et n'ai rien retenu de son visage, » disait, les yeux baissés, la chaste Maguelone.

Un jour que tels propos se tenaient au carrefour du *Chêne à la jeune Fille,* but privilégié des haltes de Timoléon, deux jeunes garçons, montés sur une mule, et précédés par un moine, apparurent devant le groupe assis des habitans du manoir de la Bourcadière. Le moine s'arrêta, et dit à ceux auxquels il paraissait servir de guide :

« Voilà les femmes que vous cherchez.

— Par saint François! mon Père, répliqua d'une voix haute et ferme celui qui tenait les rênes de la mule, avons-nous dit que nous voudrions parler à des femmes?... et sommes-nous à confesse pour vous raconter le motif secret de nos promenades?... Nous voulions considérer à distance respectueuse la tour de la Bourcadière, que visita notre roi saint Louis; voilà tout : la tour n'est pas dans cette clairière, ainsi nous passerons outre.

— Non pas! — dit l'autre cavalier, en retenant le bras de son compagnon; — ce moine est doué de seconde vue, car voilà vraiment les personnes que nous cherchons. »

Le supérieur des cordeliers, — quel autre que lui pouvait ainsi être rencontré à toute heure dans cette forêt? — Fra-Jéronimo s'éloignait, peu soucieux des gars qu'il avait amenés à cette place, allait se poster à l'extrémité du carrefour; là, debout, une épaule appuyée contre le tronc d'un chêne, il se mit à examiner effrontément la dame de Melborne, le jeune malade et Maguelone ; et, comme son imagination sur-excitée et souffrante le portait à saisir promptement tout ce qui pouvait affliger sa passion, dans le rassemblement de ces trois personnes, il vit, au premier regard, un fait qui éveilla en lui un désespoir et une fureur de plus.

« Patronne de Paris ! — s'écria la dame Marguerite avec un gracieux sourire ; — voici venir les écoliers dont nous racontions la charitable action !... Soyez les bien venus, Messires ; mon neveu que voyez pâli, affaibli par la maladie, vous doit des remercîmens, et Maguelone, que reconnaissez peut-être, n'a pas oublié votre valeureux office. »

Maguelone, qui s'était levée et reculée de quelques pas, fit une petite révérence toute timide aux deux jeunes gens qui s'approchaient.

« Merci à vous ! dit Timoléon avec politesse et bienveillance ; — vous avez protégé ma bonne tante et sa suivante ; le baron de la Bourca- dière, mon père, vous doit bon accueil et pro- tection.

— En retour, merci à vous, mon gentil- homme. Quant au bon accueil, celui-ci nous suffit ; quant à la protection, le temps présent n'en permet pas de solide ; nous nous contentons de celle de M. Ramus, notre régent, et nous n'im- plorons que celle de Dieu. »

Celui qui parlait était le même qui avait brisé l'estoc de l'archer de la garde ; son compagnon l'avait appelé Baptiste Crocoëzon. Bien qu'il ne parût pas avoir plus de vingt-deux ans, sa taille élevée était soutenue par une membrure d'athlète, son visage tout élabouré par les traces de la petite-vérole, était basané, son œil était noir et courageux, sa bouche moqueuse, ses cheveux crépus, et sa toque de velours noir, jetée sur son oreille gauche, lui donnait une allure de crânerie, conforme certainement à son caractère, mais non en opposition évidente avec l'expression de la bonté et du dévoûment.

L'autre écolier, d'une apparence plus jeune, et qui avait nom *Anastase Beauchêne*, avait au contraire les formes sveltes et délicates; son visage était lis et rosé, ses yeux d'un bleu tendre et ses cheveux blonds; sa physionomie enjouée et candide, indiquait l'innocence du cœur, l'ignorance des mauvaises passions; toutefois on pouvait deviner au jeu animé des muscles de ce jeune visage, que celui qui le portait saurait au besoin faire preuve de hardiesse et d'énergie. Dans cette circonstance, il se présentait, volontairement peut-être, au second plan; il manquait de maintien et de voix, il n'avait que des yeux pour Maguelone, et Maguelone en était toute confuse.

« Quel est ce religieux qui se tient à dis-

tance ? demanda Timoléon d'un ton respec-
tueux.

— Cordelier par nature, promeneur par oisiveté, et, à ce qu'il me paraît, curieux par état, —
répondit Crocoëzon, en se retournant vers son
guide. — Mon Père, cria-t-il d'une voix rieuse,
— j'ai honte de vous voir ainsi à l'écart ; tandis
que nous, pauvres écoliers, nous nous trouvons
en si belle compagnie.... Ne pourriez-vous
égayer la rencontre par quelque historiette de
couvent ?....

— Messire ! — interrompit le page de Guise,
fortement scandalisé, parce qu'il n'était pas
fait aux libres manières des enfans de l'Université.

— Allons donc, mon Père, — cria encore plus
haut l'effronté Crocoëzon, — gardez cet air
contrit pour le confessionnal, et venez un petit
moment deviser de choses et d'autres avec une
noble dame. »

Une lutte violente agitait l'esprit de Fra-Jéronimo.

« Le diable te crève un œil ! disait-il mentalement à l'écolier. — Jolie Maguelone, perfide Maguelone, viens à moi ! — disait-il mentalement à la fille de Gabiou. — La fièvre t'emporte, toi qui te réchauffes au soleil des yeux de cette Maguelone, » disait-il injustement à Timoléon. Et pendant tous ces dires sournois, il ne bougeait, mais il souffrait cruellement, mais ses regards enflammés s'égaraient sur les formes charmantes de celle qui avait été chevrière du couvent.

« La promenade m'a fatigué, bonne tante, dit Timoléon ; retournons chez mon père. — Maguelone s'avança promptement pour l'aider à se relever. — Et vous, Messires, qui désiriez voir la tour de la Bourcadière, ne viendrez-vous pas avec nous ?...

— Nous ne voulions, noble Dame et Messire,

— dit alors Anastase Beauchêne, — que saluer de loin un monument historique, et nous retraire promptement en notre quartier de la montagne Sainte-Geneviève.

—. Mais vous n'avez pas vu ce monument, dit la dame de Melborne, avec une encourageante insistance.

— C'est vrai, — répliqua Crocoëzon; et l'ami Anastase est coupable au regard de la pauvre mule à Vancourt, en voulant précipiter le voyage; car la triste bête n'a, dans le râtelier de son écurie, que le vieux crin des vieilles savonnettes du barbier... Un picotin d'orge et de son, pris à l'honorable mangeoire du castel, lui donnerait meilleur estomac et meilleures jambes.... Allons voir la tour. »

La dame Marguerite et Maguelone rirent de la gaîté du jeune homme. Timoléon, sans pouvoir se rendre compte du motif, restait sérieux.

Au moment de se retirer, la sœur du baron,

cédant à un sentiment de courtoisie dévote,
s'inclina profondément devant Fra-Jéronimo
toujours immobile ; le jeune malade, soit véné-
ration superstitieuse, soit curiosité, dit à Maguelone :

« Donnez-moi votre bras, je veux aller saluer
ce religieux. » Maguelone frissonna, jeta sur les
écoliers un regard qui voulait dire veillez sur
moi ; mais elle obéit.

Lorsque le cordelier vit s'avancer vers lui
ces deux jeunes gens que sa jalousie accouplait
avec impureté, il conçut une idée poignante de
vengeance et de meurtre ; son regard tout-à-
l'heure lascif et désolé, devint sombre et menaçant.

« Mon Père, lui dit le fils de la Bourcadière,
— daigneriez-vous accepter, en réparation de
propos indiscrets, une bonne hospitalité et le
dîner de ma famille?...

— Que me voulez-vous? — répondit le cor-

delier; — vous ai-je demandé quelque chose?...
Ne reconnaissez-vous pas le supérieur de la
maison Bâzin? Ne vous doutez-vous pas que
j'ai fait un vœu... et que jusqu'au jour où les
corbeaux viendront s'abattre sur le manoir de la
Bourcadière, j'attendrai qu'ils viennent?... Retirez-vous.... Où gît un chien mort, enveloppé
d'un capuce noir, sera couché le dernier de
votre famille... Retirez-vous, impudiques enfans!.. fuyez en la maison qui donne asile à la
luxure et à l'hérésie ! »

Fra-Jéronimo grandissait sa taille, sa voix et
ses yeux.... il s'avançait les bras élevés comme
pour maudire et pour écraser ceux dont il s'approchait. Timoléon, encore bien faible, se recula
en chancelant; Maguelone, épouvantée, em-
ployait toute sa force pour le soutenir; la dame
de Melborne accourut au secours de son neveu;
les deux écoliers stupéfiés, moins par l'action
du moine que par le sens de ses paroles, regar-

dèrent s'éloigner, sans les suivre, les habitans du manoir.

« Vois-tu, Anastase, dit Crocoëzon en remontant avec son ami sur la mule du barbier Vancourt, — il faut éviter de dîner si voracement que tu le fais avec les *Nouvelles de M. Boccace* et la traduction de *M. Herberay des Essarts;* tu nous exposeras, si tu continues cette folle nourriture, à faire de très-mauvais soupers!... J'espérais, moi, trouver en ce manoir quelques conserves et du vin de Surênes!... Foin de tes livres rêveurs! Cordieux, mange du Rabelais! c'est du gingembre tout pur, il emporte la bouche; mais du moins cela ne fait pas monter au cerveau des brouillards qui habillent une fille d'amour comme une madame la vierge!... Ai-je raison, mon Père? Pâque-dieu! vous venez d'effrayer ces deux tourtereaux comme s'ils eussent dérangé votre nid!... Tiens, Anastase, crois-moi, et profite en regardant ce moine...

A l'heure où tu lisais *Amadis*, il lisait *Perce-Forêt*; vois l'état où il est réduit.... J'aime mieux Pentagruel! »

En achevant cette vive sortie contre les livres qui portaient au cerveau, Crocoëzon lançait un regard de dégoût sur le furieux Jéronimo, et pressait le pas de sa mule, réduite désormais, pour son repas du soir, à mâcher du crin de savonnettes. Anastase Beauchêne était anéanti par le coup de la plus humiliante déception. Le champ de bataille restait au cordelier.

PLANTE TES PIEUX.

XVII

Le lieutenant-général du royaume avait autorisé le sire de la Bourcadière à déposer un instant, aux mains d'un lieutenant, le commandement de sa compagnie écossaise, afin de pouvoir
donner ses soins à son enfant malade. Le baron
se trouvait donc au manoir lorsque la dame

1.   18

Marguerite et son fils y rentrèrent ; il lut sur leur visage une douloureuse émotion, et il eut bien vite appris l'extraordinaire incident qui l'avait causée. Sa colère fut retentissante.

« Ah ! moinillon, — s'écria-t-il, sans égard pour les susceptibles oreilles de sa sœur ; — ah ! franciscain, porteur de corde à pendre ! détrousseur de nonnettes et de chevrières, tu te fais *gueux de bois*, (1) pour attendre, dis-tu, les corbeaux qui viendront manger le dernier des la Bourcadière.... Tu prédis la ruine de ma famille !.... tu laisses méchamment des lambeaux de ta robe aux ronces de mon terroir !... et lorsque mon pauvre enfant va respirer, tout souffreteux, la fraîcheur des bois, tu viens sur

___

(1) Les *gueux de bois* furent, avec les *gueux de mer*, les premiers auteurs de la révolution des *Pays-Bas*. Les geux de bois étaient pour la plupart *charbonniers*, d'où est venue l'organisation des fameuses sociétés secrètes, connues sous le nom de *Charbonnerie*.

son passage lui jeter dans l'âme, à l'innocente créature, l'effroi de la mort sous le bec de tes corbeaux!... A l'œuvre, moinillon ; tu vas voir comment je m'y prends pour marquer les limites de mes terres.

— Quel est votre projet, mon frère? » demanda la dame de Melborne avec effroi.

Timoléon se pressa contre la poitrine de son père, redoutant, sans oser l'exprimer, les suites de cet emportement.

« Je comprends bien que tout ce bruit, que ces cris de moine, que les cris d'un vieux soldat, dérangent tes organes affaiblis ; mais considère bien, enfant, que quand le diable dit : je t'écorcherai, il faut l'assommer; sans cela, on perd sa peau, car le diable qui promet malheur tient parole. Donc, ce moine qui te voue au corbeau!.. — Le baron, n'acheva pas sa pensée; il suspendit un instant l'élan de sa voix. — Maguelone, allez dire à votre père qu'il ait à mettre les bri-

18..

des, sellettes et caparaçons sur trois de mes chevaux ; deux valets armés me suivront. Je pars pour Paris. »

Et de fait, le brave gentilhomme entrait dans la chambre du duc de Guise, après l'heure du couvre-feu ; il trouva le prince qui faisait une partie de carte avec *M. de Schomberg*.

« Qu'est-ce ? capitaine d'Écosse ! — demanda François de Guise.

— Capitaine de France, Monseigneur, si votre mémoire est toujours bonne....

— Et après, mon rude gentilhomme ?

— J'arrive de mon pauvre manoir en cette chambre ducale, pour vous demander, Monseigneur, si vous avez souvenance de la promesse faite à tous les la Bourcadière, en ma personne ? » Le baron disait cela d'une voix altérée, et en cherchant sans doute à prendre équilibre sur le parquet, car il le piétinait et le frappait du talon de ses bottines.

Guise remarquant cette émotion, déposa ses cartes sur la table, et regarda en face le vieux serviteur de sa maison.

« Ouais, Baron, il me semble que la lune de ce mois de mai échauffe la tête des capitaines!... Quelle diable de question viens-tu me faire là?... T'imagines-tu, par hasard, que si un François de Guise ne s'était pas rencontré en la cour de Henri, l'autre François, qui est dauphin, n'eût pas envoyé, le jour de ses noces, son fils Timoléon dormir à la Bastille?... Je te le dis tout net, *notre belle mère* voulait que la chose arrivât ainsi; voire même, que le pauvre garçon fût enfermé en la cage de *Nemours!....* Tu vois donc bien que je n'ai point failli à ma promesse.

— Pour le passé, Monseigneur, je vous en remercie; mais pour l'avenir?....

— L'avenir va plus loin que ma force; je n'en puis répondre; jusque là, cependant, que je serai toujours en aide à ceux qui me serviront amicalement.

— De sorte que vous me serez en aide, grand Prince, si par aventure je tombe en un embarras, comme trappe à soldat, c'est-à-dire mauvaise embûche, broussaille de couvent, ou bourbier de moine?

— Sang-dieu! mon compagnon, ta barbe grise reverdit ce soir!.. as-tu changé de peau?.. serais-tu passé de catholique en huguenot?... Un instant! le cas est à examiner... De quoi s'agit-il?

— D'un quartier de terre qui m'a été volé.

— Tu es fou, je pense!.... reprends-le, ce quartier de terre.

— Il est au pouvoir de l'abbaye Saint-Germain-des-Prés....

— Est-ce que les sénéchaussées, bailliages, officialités, chambres judiciaires et parlement, sont tous morts, ce soir, que tu viens m'imposer leur office?

—Je passe outre, Monseigneur... Et parce que ce quartier de terre est un objet en litige, voilà que des cordeliers, qui en sont les prétendus fermiers, en veulent à ma vie.

— Et avec la corde qui leur ceint les reins, ils couperont ta brave épée ! n'est-il pas vrai ?

— Non pas; mais ils feront brûler mon domaine; ils assassineront mon fils !...

— Halte-là ! Baron. Catholique contre catholique, le fait n'est pas croyable.

—Et déjà le supérieur a crié aux oreilles de mon enfant le dam et la destruction de tous les miens.

— Ce supérieur est un sot !

— Raison de plus pour le craindre.

— Et que prétends-tu faire ?

—Planter des poteaux sur la limite de mon terroir, qui, selon le dire d'un acte de protonotaire, nouvellement retrouvé, s'étend beaucoup plus loin que d'abord je n'avais pensé.

— Plante des poteaux.

— Et si à la place où je veux qu'ils soient, je rencontre une maison ?

— Que veux-tu que je te dise ? plante tes poteaux.

— Et si, dans la maison, je rencontre des moines ?...

— Écoute, Baron, — interrompit François de Guise, qui était en belle humeur ; — j'ai entendu dire que le cardinal Valentin tenait ce propos : « Je me fais fort de brûler une cathédrale, sans offenser Dieu... le tout consiste dans la manière de placer les fagots... » Après cela, ne va pas t'imaginer que si l'officialité te condamne à payer la chose brûlée, je t'ouvrirai mon escarcelle ! Voilà Schomberg qui te dira que le maniement de ces cartes m'aide à discuter le prix de mon riche *comté de Nanteuil*, que je vais lui vendre, pauvre et besoigneux que je suis !... Oh ! tu as beau ouvrir grands tes yeux gris, je ne te donnerai pas un carolus pour payer le dommage; je dois *deux cent mille écus* que j'ai dépensés en menus plaisirs, aussi-bien qu'au service de ce glorieux roi qui règne aujourd'hui : ce qui n'a point empêché notre belle mère d'imaginer ce dicton menteur : *Que les Guise mettaient le roi de France et ses enfans en chemise.* Madame de Valentinois est la pancarte des mauvais dires de la cour, et son mot fera fortune! Mais, sang-dieu! comme il est vrai que Louis XI a volé aux Guise le duché d'*Anjou*, le comté de *Provence* et autres terres, il est certain que ce sont bien plutôt les rois qui ont mis ceux de ma famille et moi-même en chemise!... Par ainsi, mon bon la Bourcadière, saluons-nous, en retournant nos escarcelles...

— Mais, Monseigneur, je n'en appelle pas à vos carolus, car si la maison brûle, j'ai un titre qui constate qu'elle m'appartient.

— Oui ; mais les moines ! objecta en riant, François de Guise.

— S'ils sont vrais moines, Monseigneur, ils ne brûleront pas. »

La physionomie du lieutenant-général du royaume prit une teinte sérieuse.

« Sire de la Bourcadière, retournez-vous... à la lueur de ces deux becs de lampe, que remarquez-vous sur cette tapisserie, ouvrage de notre *Gille Gobelin?*... Deux bœufs traînant une charrue, et au bas, ces lettres qui disent *passo a passo...* ce fut la devise de *René de Sicile*, mon bisaïeul. Il pensait, le digne prince, que la précipitation ne menait à rien de bon, et que *pour creuser le sillon, mieux valait la lente marche des bœufs que la vive allure du cheval*... Ceci est pour vous inviter à ne point trop vous hâter... Et si, contre cet avis, *mon fils*, vous mettez à mal cette maison qui est vôtre, et ces moines, dont ne me soucie, faites les choses de manière à ce que mon frère le cardinal ne vous prenne à partie... j'aviserai au reste. Et maintenant que nous avons mis fin à l'enquête... parle-nous un peu, Baron, de la santé de ton fils?

— Noble Duc, il n'a plus, pour se souvenir de la maladie, que la faiblesse du corps et la pâleur du visage.

—Le drôle, se promet de beaux succès près de nos dames, car il n'est bruit que de sa chute sur l'estrade, en présence de ma gentille nièce.

— Oh! Monseigneur, ne me rappelez pas ce qui me causa tant de honte et de douleur!...

— Pourquoi donc?... j'aime qu'un page prenne cette devise d'un certain *Clodomir*, ami d'une certaine dame de *Raiz* : J'Y VIENDRAI!... C'en est assez pour lui faire accomplir de grandes choses... l'essentiel, c'est qu'il n'y vienne pas... Jean Fernel fut le voir, m'a-t-on assuré?

— Vous l'avez su, Monseigneur?

— Sans doute; la dauphine ne m'a-t-elle pas, hier, demandé pour lui une lieutenance dans les cranequiniers! Et, comme je lui opposais la maladie de son protégé, elle a invoqué l'avis de Jean Fernel pour m'apprendre sa convalescence... Ce que je dis à vous, Baron, je ne le dis que devant Schomberg ; c'est entendu.

— Mon fils est lieutenant, seigneur duc? demanda la Bourcadière avec joie.

— Il le sera, après qu'il aura, la durée de six mois, fait le service de page en ma maison... Bonsoir, la Bourcadière ; bonsoir... Plantez vos pieux, c'est bien ; mais n'oubliez pas que dans ce temps de bûchers, on n'est pas sage de toucher au feu. »

Ce que voulait le sire de la Bourcadière, c'était de pouvoir s'abriter, au besoin, sous la cape du duc de Guise ; et s'il avait trouvé auprès du lieutenant-général du royaume si grande facilité d'humeur, à propos d'un attentat à la propriété de l'abbaye de Saint-Germain-des-Prés, ce n'est pas que le bon prince ne se souciât nullement des moines, ainsi qu'il l'avait prétendu ;

mais bien réellement parce que l'abbé de Saint-
Germain, directeur secret de Mme de Valentinois, soufflait contre les deux Guise l'inimitié de
la favorite, activait la vigilance et les intrigues
de Catherine de Médicis, et compromettait chaque jour davantage le crédit des princes lorrains
dans l'esprit de Henri II. Cette difficile attitude
vis-à-vis de *Valbomel*, abbé, avait déterminé
le cardinal de Lorraine et son frère à reporter
toutes leurs affections, en matière de puissances
spirituelles, vers la chambre apostolique de
Sainte-Geneviève.

Tel était donc le vrai motif qui avait inspiré
à François de Guise de faire au sire de la Bourcadière la citation du mot du cardinal Valentin.

LE FEU ET LA PLAIDOIRIE.

XVIII

Dans la nuit du 28 mai 1558, vers deux heures environ, une grande lueur, montant en
gerbe colossale vers le ciel, porta sur les villages
de Fontenay, de Bagneux, de Sceaux, de Châ-

tenay, et jusque sur les toits du manoir de la Bourcadière, l'effrayante clarté de l'incendie. Les villageois de la contrée accoururent pour porter secours à la sainte maison Bâzin, d'où s'échappaient les flammes ; mais lorsqu'ils approchèrent du théâtre de ce désastre, ils se virent empêchés par un cordon de soldats, l'arquebuse sur l'épaule, formant un vaste cercle autour du feu, et menaçant de mettre à mort qui oserait le franchir.

Cette troupe était silencieuse : on n'entendait d'autre bruit que celui de l'incendie ; on n'entendait qu'une voix, celle de ce vieux baron, puissant encore par la parole, par le geste et par l'action ; il se tenait à cheval, dans l'intérieur du cercle, courait à toute bride autour des ruines brûlantes, riant aux éclats de cette destruction, criant à la flamme : « Sus aux moines ! brûle, brûle ! »

Au point du jour, cette maison Bâzin, contem-

poraine du roi Robert, n'existait plus ! Souvenirs
de l'amour, souvenirs de l'histoire et de la religion, s'éteignaient en ce lieu, avec le dernier
tison ; et le populaire des campagnes, qui s'était
tenu groupé derrière le cordon de la compagnie
écossaise, se doutant bien que sous ces ruines
devaient se trouver les cadavres des moines, sans
appel de prêtre ou de cloche, s'agenouilla. Le
chantre de Sceaux et le sonneur de Châtenay,
deux vieillards, les plus vieux de tous ces
hommes venus de cinq villages, chantèrent
d'une voix brisée le premier verset de ce fameux
cantique des morts : *Dies iræ, Dies illa, cruci
expandens vexilla, solvet sæclum in favilla!*
et la foule reprit, en chœur lugubre, le *Dies
iræ!...*

La Bourcadière, remarquant l'impression sinistre et religieuse produite par son attentat, se
présenta sur le point le plus épais de cette foule,
et lui cria sans hésitation et sans peur :

« Silence, manans !... Ceux qui tenaient ce
logis étaient envahisseurs de mon bien ; c'est
un tort que depuis quatre-vingt-dix-sept ans
les abbés de Saint-Germain ont eu à se repro-
cher.... j'ai retrouvé les titres qui établissent
mon droit... Cette maison étant debout, occupait, avec ses vergers et dépendances, une large
part de terroir sans culture et sans produit !...
cette maison étant debout, vous aviez à y verser
injustement, jour de saint Jean-Baptiste et
jour de saint Léonard, des mesures de blés et
de grains, et vous n'en rapportiez qu'une bénédiction sans vertu !... J'ai repris mon bien... j'ai
fait un feu de ce qui m'appartenait... je rase
ce vaste terroir, je le rends à la culture.....
et pendant dix ans, ce que viendra sur cette
terre, appartiendra, sans retour de dîmes ni
de droits, aux cinq villages dont nous voyons
d'ici les clochers... Ce qui n'existe plus n'a
plus de nom... Ces potagers, là-bas, qui vont

devenir plaines, seront les *vaux Robert*... ce
ravin, au bout du préau, où je me tiens, sera
la fosse Bâzin... et le pain et le vin qui, dix ans
durant, pousseront sur cette terre seront vôtre...
Ai-je bien dit ?

— *Vivat! vivat !* cria le populaire.

— Mais les moines ! dit une voix dans la foule.

— Mais les moines! » cria toute la foule.

Le hardi baron regardait les cendres fu-
mantes et ne répondait pas.

Tout-à-coup, des profondeurs du ravin,
s'élança la psalmodie d'un chant d'église; peu
à peu ce chant grandit, emplit l'espace, et pro-
nonça distinctement ce verset :

Heu, quis ruinæ, tam gravis sarcire damna
quæ manus... tu Christe, tu solus !....

La Bourcadière poussa son cheval vers l'extrémité du plateau ; la garde écossaise, maintenant confondue avec les villageois, l'y suivit...
Par un petit sentier, tout escarpé, montaient la

croix d'argent et la bannière de St-Germain en
tête, — la bannière, portée par Fra-Jéronimo,
— la communauté des cordeliers, sise, la veille
encore, dans la maison Bâzin. Pas un moine
ne manquait; réveillés par la flamme, repous-
sés dans la flamme par les soldats, ils avaient
marché sous l'incendie, s'échappaient par une
poterne, et s'éloignaient processionnellement vers
Paris.

« Miracle! crièrent ceux de Fontenay.

— Gloire au baron! crièrent ceux de Sceaux
et de Châtenay.

— *Amen!* » fit la Bourcadière, en se tordant
la moustache.

Une grasse paie, forte entame sur l'épargne
de son capitaine, avait été promise à la compagnie écossaise; son œuvre de destruction ac-
complie, elle se remit en ordre, et, sur les traces
de la communauté dépossédée, retourna vers
Paris.

L'ébruitement de cette prise de possession
ignée, causa un grand effroi dans la famille de
la Bourcadière, une grande colère en l'abbaye
de Saint-Germain-des-Prés, et un grand scan-
dale aux Tournelles, où ne manqua de se présenter, le lendemain, au lever de Henri II,
l'abbé *Valbomel*.

« Duc, mon Cousin, — dit le roi à François de
Guise, en présence de tous les *brodés* du palais,
et avec plus d'humeur qu'il ne convenait peut-
être d'en mettre vis-à-vis du pourchasseur des
Anglais; — ce la Bourcadière est des vôtres? »

On sait, par l'histoire, quelle était la fière
attitude de ce François de Guise, comme il avait
le corps droit, élevé, bien assis sur sa hanche
gauche, la jambe droite en avant, le poignet
gauche sur son flanc, et sur le bouton de son
épée; on sait de quelle fine fleur de courage et
de générosité était pétrie cette âme; aussi, plus
un mauvais vouloir, — vînt-il du roi, — parlait

haut et rudement, plus haut et plus rudement il répondait; laissant alors le *passo a passo* de son aïeul, et s'emparant, l'orgueilleux, de *l'in-cedit in ignem* qui convenait mieux à sa valeur:

« Sire, — fit-il avec assurance, — ce la Bour-cadière est des nôtres.

— J'ai dit des *vôtres*, Cousin, — insista Henri.

—J'ai dit des nôtres, Sire, — insista François de Guise; il fut aussi de ceux du roi votre père... il fut avec nous en Picardie, en Piémont, en Toscane, à la prise de Montmédy, Yvoy, Chimay et autres places... et notre grand Sire, le roi, le sait si bien, qu'il l'a nommé, malgré son grand âge, capitaine de sa garde écossaise...

— Et ladite garde, Cousin, a suivi, je le sais, son capitaine dans cette laide expédition... Le capitaine des gardes de quartier, a ordre, mon brave Cousin, de rabrouer chaudement lesdits Écossais.

— Et, obéissant au roi, il fera bien, » dit le duc de Guise toujours imperturbable.

Cette scène, ainsi commencée, avait, outre l'importance du fait qui lui servait de prétexte, l'importance de la *mise en face* des personnages les plus puissans de la France, et les plus hostiles les uns aux autres. Si, sous le regard du roi Henri se tenait, la physionomie composée et mécontente, la belle Valentinois; près du roi, à ses côtés, sur un fauteuil de même hauteur, était assise Catherine de Médicis, souriant aux Guise; si l'abbé de Saint-Germain, provocateur de cette explication, brillait sous sa mitre et se dressait sous sa dalmatique, derrière la reine Catherine, il voyait l'altier cardinal de Lorraine qui pinçait sa lèvre, clignait des yeux, et paraissait *affiler* une pensée d'un méchant produit pour le présomptueux abbé.

Entre autres gens contre les Guise, il y avait bien là le connétable et le maréchal Saint-André, et le prince de Condé; mais le dauphin, assis sur un pliant, à la gauche de son père, abandonnait négligemment sa main sur l'épaule de Marie d'Écosse, et Marie, entendant parler d'un la Bourcadière, disait du regard à celui de ses oncles qui portait l'épée :

« Mon bel Oncle, ceci est une bataille, et je suis avec vos troupes.

— Toujours est-il, — reprit Henri II, sans rien perdre de son air malcontent, que voilà un domaine abbatial mis à sac et en cendres; que sans un chemin couvert, de pieux moines cordeliers, protégés par notre abbé de Saint-Germain, étaient brûlés et rôtis comme sorciers ou hérétiques en Estrapade... soit dit sans vous faire injure, monsieur de Châtillon... et l'auteur de ce condamnable forfait se cache, et la victime se montre; voici l'abbé... Vous chargerez-vous, beau Cousin, de répondre pour *notre* la Bourcadière? » — en admettant la communauté du pronom possessif, Henri avait fait une grimace.

« Sire, répondit le duc de Guise, avec mesure et dignité, — vous ne m'avez point fait lieutenant-général de ce beau royaume pour soutenir des plaids contre messieurs de l'abbaye; souffrez que je me taise, et que j'admire humblement les sandales de monseigneur Valbomel.

— Duc de Guise, — dit le roi, en donnant à sa voix un son criard, — je désire une preuve plus efficace de votre humilité; vous connaissez les droits de haute et basse justice, conférés à l'abbaye de Saint-Germain, reconnus et respectés par mes devanciers : le capitaine de la garde écossaise est retiré en votre hôtel; vous le livrerez à la prévôté de Saint-Germain, pour, son procès, être fait en bonne forme. »

L'assemblée entière fut en émoi, car elle voyait clairement que cette fois c'était un vouloir de roi. François de Guise rougit un peu; mais

comme il vit clairement lui-même que cette verte
prise à partie était une galanterie de Mme de
Valentinois et de ses amis, il accepta le défi
royal, aimant mieux se compromettre par la
défense d'un bon vieux serviteur de sa maison,
que par une timidité qui laisserait douter de son
énergie.

« Pour ne point mentir au roi, que j'aime et
vénère, — dit-il en s'inclinant, — oui, le la
Bourcadière est blotti en ma maison... Que notre
Sire ordonne sa présence devant cour du Châtelet ou autre cour du parlement, le brave gentilhomme, blanchi sous son vieux harnois de
guerre, obéira, et, tête nue, ira s'asseoir sur
la sellette... Mais que les sergens de l'abbaye
osent franchir le seuil de mon hôtel !... le Roi ne
le veut pas.

— Non, mon Cousin ; non je ne veux pas
qu'une avanie vous soit faite en votre logis...
Mais, voyons, traitons cette affaire de gré à gré...

et avant que j'en saisisse quelque cour supérieure ; pour l'amour de moi, livrez gentiment
à notre abbé de Saint-Germain *notre* la Bourcadière... c'est un grand coupable !

— A donc, Sire, — dit François de Guise,
prêt de jeter sa dernière carte dans cette périlleuse partie, avec le calme d'un beau joueur,
— du moment où le Roi s'y intéresse si fort, et
daigne lui-même traiter la chose au nom de
M. Valbomel, je n'ai plus qu'à débaptiser ma
maison qui, avant que d'être l'hôtel *Clisson*,
fut l'*Hôtel de la Miséricorde*; je n'ai plus qu'à
ouvrir moi-même à tout ce qui voudra y entrer
des valets de l'abbaye, et ensuite à en sortir
moi-même, pour me retraire, non pas en Provence, dont le sire Louis XI a dépossédé ma
famille, non pas même dans mon comté de
Nanteuil, que j'ai vendu avant-hier soir à
Schomberg, parce que j'avais faim et que je suis
pauvre, tout-à-l'heure *en chemise ;* — il lança

un regard foudroyant sur le connétable, ménageant, l'adroit compère, la duchesse de Valentinois; — mais me retraire à Calais, dont j'ai chassé les Anglais, laissant faire, désormais oisif et inutile, à messieurs qui firent *la bataille de Saint-Quentin;* car le lieutenant-général du royaume peut et doit être le serviteur du roi, le défenseur de l'église et de la France, mais non le vassal d'un abbé. »

Disant ces mots, François de Guise dépassait vraiment de la tête le dais royal.

« Mon Cousin !—dit Henri II d'une voix émue.

— Pourquoi donc, Sire, les Guise sont, de ce matin, de trop petits compagnons pour se présenter dans les Tournelles ?.. mais il ne faut pas que mon humilité oublie le sort d'un vieux soldat, ami du roi; — j'ai là, gracieux Sire, un parchemin de protonotaire royal, qui établit, de science certaine, l'incontestable droit du sire de la Bourcadière sur la maison Bazin.

— Voyons! — s'écria Henri II, se levant pour saisir plus vite le parchemin, et intérieurement enchanté d'envisager l'affaire tout autrement que d'abord il l'avait voulu faire. — Voyons!... que dit cet écrit?— Il l'examina avec soin pendant plusieurs minutes, un morne silence facilitait sa recherche; — tout-à-coup s'adressant à Valbomel, abbé :

— En effet, monsieur de Saint-Germain-des-Prés, je vois une cédule de 1335, marquée du grand sceau abbatial, et signée Hugues, abbé, qui concède, moyennant finance, à un la Bourcadière, gentilhomme, serviteur de Philippe de Valois, ladite maison Bâzin, objet du litige, et par suite les pleins droits de *manumission* et autres, sur cette terre...

—Et lorsque rien n'établit, — interrompit François de Guise, sur le ton du respect,—que jamais les la Bourcadière aient concédé leur propriété à l'abbaye, voici au contraire un autre titre qui prouve qu'en 1461, première année du règne du grand Louis XI, un la Bourcadière, mourant, laissa par ce testament à son héritier le soin de reconquérir sur l'abbaye de Saint-Germain ledit domaine de Bâzin, traîtreusement envahi cette même année par Guillaume, abbé... ce que ne surent faire les la Bourcadière, avant celui que je défends...

— Cela est très-clair, maître Valbomel, — dit le roi, avec un contentement marqué ; — Cousin, si vous n'aviez votre forte et glorieuse épée, je voudrais vous voir au lieu et place de *Pierre Lizet*, notre premier président, fût-ce même de *Pierre Séguier*, l'un de nos avocats... tant le discours et plaidoirie ont de grâces en votre bouche... De sorte, monsieur de Saint-Germain-des-Prés, que notre la Bourcadière... je dis *notre*, beau Cousin, — interrompit le roi en souriant ; — de sorte que le capitaine de notre compagnie écossaise n'a fait que brûler

son bien ; ce qui est folie, mais n'est pas crime...
Quant aux moines cordeliers, que l'on m'a dit
être exclus des grades universitaires, contraire-
ment aux priviléges de leur ordre... je veux que,
de mes propres deniers, on leur achète, rue aux
Chiens, près notre grande dame Sainte-Geneviève, une maison commode et spacieuse.....
Nous croyons, nous, le roi, qu'il serait peu séant,
monsieur Valbomel, de faire procès sur ce dire
royal. — Valbomel, la rage dans le cœur, se
prosterna en signe d'assentiment. — Maintenant,
beau Cousin, reprit Henri, en allant droit au duc
de Guise, — convenez que, ce que disiez tout-
à-l'heure, avec si peu d'amitié pour notre personne, était vaine menace et bouderie ?.. Le lieutenant-général du royaume ne saurait être autre
que François de Guise, duc et pair de France...
et le roi Henri, deuxième du nom, ne veut avoir
de plus chers amis que vous, monsieur le Cardinal de Lorraine, et *toi*, mon beau Cousin. »

Cette dernière partie de l'allocution royale décidait du sort des armes. Les Guise étaient vainqueurs ; Valbomel se retirait consterné ; Marie Stuart embrassait son oncle aux yeux de toute la cour ; l'amiral Coligny déchirait un de ses cure-dents..... et le roi, rentrant dans sa chambre, suivi de la duchesse d'Étampes, lui dit, en s'abandonnant dans un fauteuil :

« Ouf ! je suis rompu ; je serai damné, j'ai trop menti !.... n'est-il pas vrai, unique soleil de mon âme, que cet insolent François de Guise mériterait une bonne disgrâce ?... »

LE CORDELIER TONSURÉ.

XIX

Un ordre du duc de Guise avait prescrit à
Timoléon de la Bourcadière de venir prendre
son service de page. « Il faut, avait dit ce
prince à son protégé, que nous profitions des

avantages de la victoire; il faut que ce nom des
la Bourcadière, qui faillit être jugé et proscrit,
se montre à la cour, sous ses deux aspects :
dignité de vieillesse et fleur de jeunesse; il faut
que l'on sache partout que la main de François
de Guise réussit aussi bien à soutenir ses amis
qu'à vaincre ses ennemis. »

Et comme l'orgueilleux protecteur voulait de
la soumission chez ses protégés, Timoléon, ma-
ladif encore, eut à se rendre à l'hôtel de Guise,
le lendemain même de la plaidoirie du prince.
La dame Marguerite de Melborne, qu'avait sérieusement affectée le double danger de son
frère et de son neveu, résolut d'établir, pendant
quelques temps, sa résidence à Paris; « afin,
— avoua-t-elle, — de pratiquer avec assiduité,
sa dévotion toute particulière en Sainte-Geneviève, et cela, dans l'intérêt des deux seuls êtres
qui pussent désormais éveiller sa sollicitude. »

Jean Gabiou dut rester au manoir; et il ressentit une douleur aussi vive, en se séparant de sa fille Maguelone, que si cette absence n'eût pas été limitée. Le matin du départ, il l'attira près de lui, la fit asseoir sur ses genoux, et plus il examina cette jolie créature, aux formes si délicates, au visage si gracieux et si noble, plus l'attendrissement le domina : il n'avait point encore parlé, et il pleurait, et sa poitrine oppressée laissait échapper de bruyans sanglots.

Maguelone, étonnée et chagrine, le regarda avec tendresse et lui dit :

« Père, d'où te viennent ces pleurs ?... pourquoi t'affliger ainsi?... Je ne te quitte pas pour un long-temps, ni pour un long voyage : une fois chaque semaine tu pourras venir me voir à Paris, la dame Marguerite l'a permis... Je t'en prie, ne pleure pas ainsi, ou tu me feras regretter notre pauvre cabane dans les bois...

— Non, oh ! non, petite... sachant ce que je sais, je ne veux pas que tu la regrettes !... Le

toit des la Bourcadière nous est bon et propice;
le baron est humain pour ceux qu'il aime, sa
sœur est pour toi charitable et bienveillante;
le jeune maître, n'était son fol amour au regard
d'une reine, est noble et vertueux gentilhomme... je sais cela; j'ai confiance en notre
condition nouvelle... Mais, c'est plus fort que
moi, petite fille, lorsque je t'examine, te trouvant si accortes manières, visage si frais, port
de reine et regards de vierge, d'abord c'est de
l'orgueil qui m'agite, puis tout-à-coup c'est de la
tristesse; d'abord, je suis tout fier d'avoir reçu
du Ciel, moi, pauvre manant, une fille qu'envierait la femme d'un duc! puis, comme l'or
n'est fait ni pour mes yeux, ni pour mes mains,
comme un beau rubis en ma possession me
semblerait un présent satanique... j'ai peur de
ce trésor que je trouve en toi! parce que je n'i-
magine pas comment il put naître de moi; parce
que le vieux soldat, parce que le pauvre bûche-

ron, le pauvre homme, serviteur des écuries
d'un baron, devait avoir un enfant aux chairs
flétries, aux formes grossières et fatiguées par
la misère... En toi, rien de cela ; tu es mignonne,
tu es jolie, ma Maguelone! et c'est la cause de
mon chagrin.....

— Père! — fit la jeune fille en souriant avec
finesse et candeur.

— Non pas plus jolie que du temps où tu
courais, avec tes chèvres, dans la forêt... mais
ton visage, qui n'est plus exposé aux brumes du
matin et du soir, au hâle des mauvais vents, a
blanchi ; ta beauté d'aujourd'hui n'est ni de ta
condition ni de la mienne..... et c'est là ce qui
m'arrache des sanglots et des pleurs !

— Pourquoi, père? — demanda l'enfant avec
inquiétude.

— Pourquoi une pauvre fauvette, égarée sur
les toits de Paris, est-elle frappée à mort, si,
confiante, elle s'abat dans la rue?... Pourquoi

y a-t-il, dans ce Paris, grand nombre de *truands*, *cottereaux* et *amorabaquins*, toujours prêts à arracher le voile de lin et la robe d'argent des vierges des églises, si l'œil des bedauts n'y prend garde?... pourquoi un gentilhomme a-t-il plus d'audace qu'un manant? pourquoi ceux qui ont inventé les droits et coutumes, ont-ils imaginé des droits qui livrent une fille vassale aux baisers de son seigneur?... »

Maguelone rougit et frissonna; son père s'animait en parlant.

« Voilà pourquoi ta fraîcheur et gentillesse me font trembler et pleurer!... car, vois-tu, Maguelone, lorsque ta mère. qui repose sous le terroir de Châtenay, me dit ses derniers adieux en mourant, elle ne manqua pas d'ajouter : « Garde, mon pauvre Jean, que notre fille soit malade de corps ou d'âme.... Pour préserver son corps, travaille beaucoup et mène une bonne vie; pour garder son âme, crains Dieu.... et si

des méchans viennent à l'encontre, plutôt que
de laisser faire la perdition de notre enfant, fais-
toi tuer ! »

Maguelone poussa un cri, jeta ses bras autour
du cou de son père, l'embrassa à plusieurs reprises et en versant d'abondantes larmes.

Gabiou, tout ému, continua :

« Ah ! c'est que ta mère avait le cœur placé
haut ; c'est que ses sourcils se relevaient en arc
comme les tiens ; c'est qu'elle aurait mérité d'être
la femme d'un capitaine, la digne *Élisabeth!* et
alors, petite fille, te voyant disposée à suivre la
dame Marguerite en la grande ville, je me re-
mémore et les mots de ta défunte mère, et les
dangers auxquels t'exposent ces agrémens qui
sont en toi, et qui devraient me rendre si heureux !... Garde bien ton corps et ton âme, petite
Maguelone.... Satan ne prend pas que la forme
d'un cordelier hurlant dans les bois.... son ves-
tiaire est mieux fourni, je t'assure, que ne peut

l'être celui de M. l'évêque de Paris!... Souque-
nille de moine, juste-au-corps de laine, ou de
daim, ou de soie, ne prends plaisir à en regarder aucun, jusqu'à ce que je t'aie dit qui est celui
qui le porte.... Me promets-tu d'être sage ?

— Oh! oui, je te le promets bien! — dit Maguelone avec effusion.

— Par ainsi, fille de ma pauvre Élisabeth, je
puis te quitter sans trop craindre et sans trop
pleurer !... Va, chère enfant, va maintenant accomplir ce que ton devoir te commande. »

Il souleva doucement sa fille, l'embrassa,
comme le disent les petits enfans, *à grands bras*,
et rentra dans les écuries préparer le harnois des
mules de la dame de Melborne.

C'est dans la rue Bordet, voisine des colléges
de *Navarre* et de *Boncourt*, et non loin de l'é-
glise Sainte-Geneviève, qu'alla se loger, en une
maison de modeste et d'honnête apparence, la
sœur du baron de la Bourcadière; cette dame

s'était fait suivre, outre Maguelone qu'elle gardait pour lui faire compagnie, de deux servantes préposées aux soins grossiers du ménage.

Les choses allant ainsi, l'idée perverse du baron, qui avait suscité tant d'émoi dans la contrée de Sceaux, prenait une fin meilleure que son origine, et au lieu de la perdition du corps d'une belle et vertueuse fille, résultait, du bris de la cabane du bûcheron et de la chevrière, le contentement et bonne vie de cette Maguelone.

Quant à ce qui advenait de cette prétendue communauté, expulsée par l'incendie du domaine de Bâzin :

La décision royale, faisant fonction de haute justice, avait singulièrement abaissé l'importance desdits cordeliers ; comme primitivement ils ne s'étaient présentés en France que recommandés, à leur insu, par une lettre apostolique du Pape à l'évêque de Paris ; laquelle lettre poursuivait dans Cyprien, le supérieur, l'acte

irrévérencieux du cardinal Valentin à l'égard du
roi Charles VIII de France; leur installation,
je l'ai déjà dit, n'avait jamais eu le caractère
réservé aux priviléges de leur ordre.

Il était de fondation, par le fait d'Eudes,
quarante-septième abbé de Saint-Germain-des-
Prés, que l'ordre des franciscains-cordeliers
fût sous la spéciale protection de l'abbaye de
Saint-Germain; Valbomel les avait donc re-
cueillis en cette maison Bâzin, qu'il croyait être
de son domaine; mais le général des cordeliers
de Paris avait refusé de les admettre au sein de
sa communauté, sous le prétexte qu'ils étaient
restés *conventuels*, tandis que l'ordre de Paris
était passé à la règle de *l'observance*. Cette
fausse position aurait pu être améliorée sous un
supérieur plus *intellectuel* et plus voué à ses devoirs que ne l'était Fra-Jéronimo; l'inconvénient
de la nature de ce religieux se fit sentir dans toute
sa rigueur sur les moines de sa dépendance. Au

moment de la destruction de leur asile, force leur
fut de prendre gîte dans une maison de la *Ruelle-
aux-Chiens*, que le propos de Henri II avait il-
lustrée du nom de rue, sans doute par l'ignorance
où il était des lieux peu honorables de sa bonne
ville. Près de cette Ruelle-aux-Chiens existait
une vaste fosse d'où elle tirait son nom, car les
chiens morts y étaient précipités, non toutefois
à l'exclusion de tous autres animaux rendus
immondes par la mort.

Peu soucieux du sort de ces vieux moines,
reniés par le Pape, aussi-bien que par l'évêque
de Paris et par ceux de leur ordre, Valbomel
arrêta cependant son attention sur ce jeune Fra-
Jéronimo, dont il jugea les passions disposées
à le servir jusqu'à la témérité, à le venger des
la Bourcadière jusqu'à ce que mort pût s'en-
suivre

Il fit donc venir ce moine en son hôtel abbatial, lui *sonda les reins*, selon l'Écriture, et,

satisfait de ses prévisions, ajouta avec l'empha-
tique gravité de la puissance qui se complait,
avec le mystère de la trahison qui se confie :

« Ce qui arrive, mon fils, nous convie l'un
et l'autre à grande humilité. Il y a peu d'exem-
ples, dans l'histoire de notre monarchie, de
jugemens ainsi bâclés, sous forme de bon plaisir,
et contradictoirement avec le dire d'un abbé de
Saint-Germain-des-Prés ; car, par confirmation
du roi Philippe, troisième du nom, à la date
de 1272, droit de haute, moyenne et basse justice, concédé par plusieurs rois français à notre
abbaye, nous appartenait encore aujourd'hui ;
et, pour la faire exécuter, nous avions baillis,
greffiers, procureurs, sergens, officiers et geô-
liers ; c'en était assez pour mettre à mal ce la
Bourcadière, voleur de nos domaines, et, si j'ai
de bons renseignemens, quelque peu hérétique.
Mais le duc de Guise s'est renversé sur sa hanche,
a retroussé sa moustache, a parlé haut, avec

sa voix sonore, et notre roi, que Dieu garde,
s'est fait petit pour le laisser plus grand !... De
nos justes plaintes, de nos prétentions, néant !...
Et ce qui, davantage, servira à l'humiliation de
ma raison, c'est que je me sois prêté à aller jouer
un rôle dans cette *facétie* de cour ! c'est qu'ayant
en main la facilité de justicier ce baron, je me
sois fourvoyé dans les vengeances mal chan-
ceuses de cette dame de Valentinois ! Pour comble, au lieu d'une jugerie en bonne forme, je
n'ai obtenu qu'un affront !... *peccavi!*.. et comme
nous, mon fils, frappez votre poitrine....

.....—Hélas! hélas! — fit Jéronimo avec componction.

— Avez-vous, mon fils, de la vocation pour
le cloître? — demanda brusquement l'abbé Valbomel, sur un ton vraiment militaire.

— Médiocrement, Monseigneur, — répondit
le supérieur avec l'aplomb d'un archer.

— De sorte que la corde de saint François?...

— M'étrangle ! »

Valbomel regarda son homme, laissa passer un sourire sur sa lèvre contractée, et comme dépouillant aussitôt, avec la morgue abbatiale, la *sanctomanie* du prêtre :

« Écoutez-moi bien, *maître* Fra-Jéronimo, et de tout ceci il peut résulter gloire pour l'église et profit pour vous.

— J'écoute, — dit le hardi supérieur.

— Vous n'aimez pas le cloître?...

— J'ai répondu, Monseigneur.

— Et la corde de saint François vous gêne?... C'est au mieux : j'aviserai.... Le baron de la Bourcadière n'a-t-il pas un fils?

— Page dans la maison de François de Guise, — répondit Jéronimo en serrant les dents; car, en pensant à Timoléon, il pensait à Maguelone.

— Je n'ai encore rien de distinct dans la pensée; mais ce fils nous servira.

— Je l'espère ! — dit Jéronimo avec une satisfaction cruelle.

— Il est vrai, — reprit Valbomel qui feignait de se raviser, — que j'ai contre mon projet une réponse de Charles VII, dans le procès du duc d'Alençon... Vous connaissez sans doute fort peu l'histoire française, maître Fra-Jéronimo?... Le cardinal de *Coutances* répondit au nom du roi à l'ambassadeur de Bourgogne, plaidant pour d'Alençon : « Les pères du duc ont rendu de grands services, c'est bien parlé; mais le duc n'a pas droit aux bénéfices de leurs mérites, puisqu'il ne devrait pas porter leurs forfaits, s'ils en eussent commis. » Cette opinion a fait autorité; mais nous ferons semblant de croire que Charles VII eût pensé justement le contraire, d'Alençon se trouvant dans une position inverse.... Nous constituerons, en ce qui nous concerne, le fils de ce la Bourcadière héritier du baron.... L'important, c'est de lui faire sa

succession! Nous retrouverons encore la moustache et la cape de François de Guise!... mais
un peu d'audace et beaucoup de ruse, et nous
arriverons à quelque chose.... Savez-vous ce qui
me chagrine, maître Jéronimo?

— Quoi donc, Monseigneur?

— C'est que vous ne sachiez pas faire de la
toile d'araignée.

— Comment!

— Non; vous n'avez rien dans votre allure
qui vous fasse croire capable d'un si précieux
talent... Vous ne sauriez pas vous ratatiner dans
un angle obscur, après avoir étendu à distance
de vous un imperceptible filet, aux membranes
soyeuses et gluantes.... et si, par un hasard,
vous arriviez à le faire, un imprudent venant à
marcher sur votre tapis, vous manqueriez de
cette rare prudence de l'araignée qui frappe de
la patte, ébranle toutes les mailles de son réseau,
afin de juger de la force et du poids de son en-

nemi.... Taillé comme vous êtes, avec vos narines saillantes et enflées, indices certains de luxure et de colère bruyante, vous iriez vous ruer sur cet ennemi, le heurter de la tête et de la poitrine, vous exposant à y périr vous-même!... Voyez la sagace araignée, quand elle a jugé qu'il est inutile de fuir, elle n'arrive qu'en trois bonds; à sa troisième secousse, l'ennemi a déjà son linceul sur la tête, elle ne l'éventre que tout empêtré et à demi-étouffé.... Je vous le dis, maître Jéronimo, vous ne sauriez pas faire de la toile d'araignée. »

La bonne volonté ne manquait pas au moine cordelier, car il était tout oreille, tout intelligence pendant cette définition de la perfidie : enhardi dans une vague espérance par ce protectorat qui lui advenait si inopinément, il comprima, pour se plier à la circonstance, la liberté de son geste, la turbulence de ses attitudes; il altéra le plein de sa voix, et dit en ton de fausset :

« Monseigneur, dans ces temps où l'église n'a pas moins à lutter contre l'hérésie que contre les méchantes prétentions de ses propres enfans, le vrai chrétien doit savoir se servir de toute espèce d'armes; saisir le bâton, l'épieu ou l'arquebuse, si la mêlée s'engage; se replier sur lui-même, se blottir au coin d'une muraille, si la ruse est utile. L'aide du Ciel et la vôtre, Seigneur abbé, et je suis assuré de tendre une toile depuis le coin de la honteuse *Ruelle-aux-Chiens* jusqu'au seuil de l'hôtel de Guise....

— Vrai? — s'écria Valbomel avec transport. — Eh bien! j'en crois ton assurance! mais dans cette Ruelle-aux-Chiens, il règne une mauvaise odeur de mort sans confession, qui ne convient pas au cher fils de l'abbé de Saint-Germain-des-Prés. Fi! de cette ruelle! Lorsque les vieillards cordeliers, dont tu étais le général, pauvre Jéronimo! auront assez joui de leur nouvelle résidence pour y mourir, nous irons en procession canoniser leurs restes ; jusque là.... foin de cette robe et de cette corde!... sois capitaine, mon brave enfant, dans cette église militante!... Dimanche prochain, en vertu des pouvoirs et priviléges qui me sont conférés, au maître-autel de notre église saint Germain, je vous administrerai, *fils* de Saint-Cyprien, la tonsure et les ordres, à l'effet de vous installer en la cure de SAINTE - MARINE. »

FIN DU PREMIER VOLUME.

IMPRIMERIE DE RAYNAL, A RAMBOUILLET.

WERDET, LIBRAIRE-ÉDITEUR,

49, Rue de Seine-Saint-Germain, à Paris.

NOUVELLES PUBLICATIONS.

OEUVRES

DE

M. DE BALZAC.

EN VENTE :

Prix.

LE LIVRE MYSTIQUE SÉRAPHITA (extrait des ÉTUDES PHILOSOPHIQUES), contenant : LES PROSCRITS — HISTOIRE INTELLECTUELLE DE LOUIS LAMBERT. — 2 beaux vol. in-8° (DEUXIÈME ÉDITION). ... 15 f. c.

SÉRAPHITA (extrait du Livre mystique). 1 beau vol. in-8°. 7 50

LE MÉDECIN DE CAMPAGNE (3ᵉ édition, revue et corrigée). 2 vol. in-8°. ... 15 »

LE PÈRE GORIOT (3ᵉ édit., revue et corrigée). 2 vol. in-8°. 15 »

LES CHOUANS, ou LA BRETAGNE en 1799 (3ᵉ édition, revue, corrigée et entièrement refondue.) 2 vol. in-8°. 15 »

LES CENT CONTES DROLATIQUES, COLLIGEZ EZ ABBAIES DE TOURAINE, et mis en lumière par le sieur DE BALZAC :
1ᵉʳ et 2ᵐᵉ dizains. 2 beaux vol. in-8°. 20 »
Le 2ᵐᵉ volume se vend séparément. 12 »

LA PHYSIOLOGIE DU MARIAGE (2ᵉ édit.). 2 vol. in-8°. 15 »

ÉTUDES DES MOEURS AUX XIXᵉ SIECLE. 12 vol. in-8°, divisés en trois séries intitulées : SCÈNES DE LA VIE PRIVÉE — SCÈNES DE LA VIE DE PROVINCE—SCÈNES DE LA VIE PARISIENNE. Prix de chaque volume : 7 50

POUR PARAITRE CETTE ANNÉE.

HISTOIRE DE LA GRANDEUR ET DE LA DÉCADENCE DE CÉSAR BIROTTEAU, marchand parfumeur, chevalier de la légion d'honneur, adjoint au maire du deuxième arrondissement de la ville de Paris. 2 vol. in-8°. 15 »

LES VENDÉENS, ou TABLEAU DES GUERRES CIVILES AU XIXᵉ SIECLE. 2 vol. in-8°. 15 »

OEUVRES

DE

M. DE BALZAC.

ÉDITIONS IN-DOUZE.

NOUVELLES PUBLICATIONS.

POUR PARAITRE LE 10 FEVRIER PROCHAIN. *LE*

CHEMIN LE PLUS COURT

PAR ALPHONSE KARR.

2 vol. in-8, ornés de vignettes. Prix : 15 fr.

Pour paraître le 5 mars.

LE CHARTREUX,

PAR MAURICE ALHOY. 2 vol. in-8. Prix : 15 fr.

Pour paraître en avril.

MENSONGES,

PAR MICHEL RAYMOND.

2 volumes in-8. — Prix : 15 francs.

RABAIS IMMENSE

SUR LES COMPLÉMENS (LIVRAISONS 74 A 95)

DES

OEUVRES DE VOLTAIRE;

ÉDITION IMPRIMÉE EN 95 VOLUMES IN-8°, CHEZ JULES DIDOT AÎNÉ,

Et publiée par MM. DELANGLE frères, DALIBON et BAUDOUIN frères,

EDITION DELANGLE et DALIBON, sur papier CAVALIER VÉLIN. Livraisons 74 à 95, ou tomes 63, 64, 76 à 95, 22 volumes.

Au lieu de 110 fr. réduits à 71 f. 50.

Tables analytiques des matières, 2 volumes in-8°.

Au lieu de 20 fr. 12 »

Total pour le complément d'un exemp. sur cavalier. 83 50

EDITION BAUDOUIN frères, sur CARRÉ FIN DES VOSGES. — Livraisons 74 à 95, ou tomes 63, 64, 76 à 95, 22 volumes.

Au lieu de 50 fr., réduits à 49 f. 50.

Tables analytiques des matières, 2 vol. in-8°.

Au lieu de 12 fr. 8 »

Total pour le complément d'un exemp. sur carré. 57 50

Chaque demande, accompagnée d'un mandat payble à Paris sur une maison connue, devra m'être adressée franco de port. — L'on n'est pas forcé de retirer les tables. — Chaque volume séparé se vendra, sur cavalier, 5 fr.; sur carré, 3 fr. — J'accorderai une remise convenable à MM. les Libraires.

OEUVRES DE VOLTAIRE, édition Delangle, 97 vol. in-8° cavalier 250 fr., rendu franco de port et d'emballage pour la France. Les mêmes, sur jésus vélin, tiré à 20 exemplaires seulement, au lieu de 2400, réduits à 1200 fr. y compris les tables.

HIPPOLYTE SOUVERAIN, Éditeur
DE LA REVUE MARITIME ET DE LA SUISSE PITTORESQUE
Rue des Beaux-Arts, N. 3 bis.

CHRONIQUES

DE LA

MARINE FRANÇAISE,

— 1789 à 1830. —

(RÉPUBLIQUE. — EMPIRE. — RESTAURATION.)

D'APRÈS

LES DOCUMENS OFFICIELS ET LES NOTES ET COMMUNICATIONS
DES HOMMES DE MER CONTEMPORAINS.

PAR

JULES LECOMTE, Officier de marine;

ET

FULGENCE GIRARD.

PROSPECTUS.

Il est peu d'époques dans notre histoire dont le faits aient été consacrés par plus d'ouvrages que les événemens de cette période, close en 1830 comme elle avait été ouverte en 1789, par une révolution glorieuse. Levasseur, Buchez, Thiers, Foy, Bignon, Dupont, Mignet, Ségur, Marrast, en ont recueilli es glorieux et les tristes souvenirs; la marine seule a été oubliée.

Il suffit pourtant de jeter un regard repide sur cette lutte désespérée—durant laquelle nos couleurs arrachées par d'héroïques revers de la corne de nos vaisseaux, parurent vaillamment partout sur nos frégates et nos corsaires, — pour se convaincre que c'était bien le même sang qui coulait dans les veines de nos matelots et de nos soldats, et que malgré leurs fortunes diverses, nos pavillons ne furent jamais moins intrépidemment portés que nos drapeaux.

La gloire de notre marine ne décline le parallèle d'aucune gloire ; les croisières successives de nos quelques frégates sur la mer des Indes sont dignes des plus célèbres campagnes de la république et de l'empire. Quel combat plus glorieux, parmi tant de glorieux combats, que celui où Duperré, avec deux frégates échouées, prit et détruisit quatre frégates anglaises? Quel nom, parmi ceux de nos généraux dont la réputation repose sur tant d'exploits, n'envierait l'éclat que le nom de Lucas emprunte à un jour de défaite ? N'est-il point aussi beau de défendre, comme Villaret ou Infernet, son vaisseau coulant sous les bordées foudroyantes de sept vaisseaux, que de parcourir toute l'Europe en triomphateur? Loin de nous la pensée de contester la gloire de l'une des journées où le courage français a brillé de plus d'éclat, nous disons pourtant hautement que si la vieille garde s'ensevelissant avec ses aigles, dans la catastrophe où s'abîma l'empire, est noble et grande, le *Vengeur* disparaissant sous les flots aux cris de liberté est admirable et sublime.

Mais habitués à ne juger des événemens maritimes que par les résultats, trop éloignés d'ailleurs de leur théâtre pour en connaître les péripéties, occupés enfin à suivre de capitales en capitales le vol de nos drapeaux victorieux, nos historiens s'imaginèrent qu'après les défaites du 13 prairial, d'Aboukir et de Trafalgar toute lutte sur mer était impossible, et détournant leurs yeux de l'Océan et de la Méditerrannée que couvraient les flottes britanniques, ils les reportèrent sur nos camps où semblaient se concentrer tous les succès.

Là fut l'erreur : un extrait de la table des événemens rapportés dans la première livraison de ces *Chroniques* établira de la manière la plus convaincante que la gloire de notre marine survécut à ses glorieuses catastrophes.

— Causes de la décadence de notre marine au commencement de la révolution. — Systèmes suivis tour-à-tour par les ministres Bertrand et Monge. — Émigration des officiers de l'armée navale. — Fermentation révolutionnaire dans les équipages de nos vaisseaux.

— Toulon livré aux Anglais.

— Bataille du 13 prairial. — Glorieux engagement du vaisseau *la Montagne*. — Submersion sublime du vaisseau *le Vengeur*.

— Succès obtenus par notre marine militaire et nos corsaires sur la mer des Indes. — Combat des frégates françaises *la Prudente* et *la Cybèle*, contre les vaisseaux anglais *le Diomède* et *le Centurion*.

— Croisière du grand hiver. — Naufrage du *Républicain*. — Perte du *Scipion*, du 9 *Thermidor* et du *Superbe*. — Échouage du *Neptune* et du *Téméraire*.

— Prise du vaisseau *le Berwick* par la frégate anglaise *l'Alceste*.

— Combat glorieux du *Ça-Ira* et du *Censeur* contre une flotte anglaise de 14 vaisseaux.

— Combat de Groix. — Engagement du *Tigre*, de *l'Alexandre* et du *Formidable* contre la flotte britannique.

— Incendie de *l'Alcide*.

— Changement de système dans nos expéditions maritimes. — Croisières du chef de division Pérée et de contre-amiraux Richéry et Gantheaume. — Courses des capitaines Moulston et Robin.

— Beau combat de la frégate *la Virginie*.

— Capture de la frégate *la Némésis*.

— Prise du capitaine Sidney Smith.

— xEpéditions du contre-amiral Surcey sur la mer des Indes.

— Exploits du capitaine Surcouf.

— Expédition d'Irlande. — Dispersion de la flotte. — Débarquemens partiels. — Conquête d'Irlande. — Revers. — Combat glorieux et naufrage du vaisseau *les Droits de l'Homme*.

— Affaire de la frégate française *la Vestale* avec la frégate anglaise *la Therpsycore*.

— Exploits de nos corsaires. — Beau fait d'arme du lougre *l'Unité*.

— Enlèvement du vaisseau de la Compagnie des Indes, *Lady Shore*, par huit prisonniers français.

— Incendie du vaisseau *le 14 Juillet*. — Prise de *l'Hercule*.

— Belle rencontre des corvettes françaises *la Confiante* et *le Vésuve*, avec un vaisseau rasé et d'autres bâtimens anglais.

— Grands préparatifs maritimes dans le port de Toulon. — Campagne d'Egypte. — Départ de la flotte anglaise. — Prise de Malte. — Débarquement de l'armée. — Bataille d'Aboukir. — Considérations sur notre Marine après ce désastre.

MODE DE PUBLICATION.

Les Chroniques maritimes, qui seront la relation des faits depuis 1789 jusqu'en 1830, se diviseront en 4 époques.

La 1re, —sous la République........ 2 vol.
La 2e, —sous le Consulat......... 1 vol.
La 3e, —sous l'Empire............. 2 vol.
La 4e, —sous la Restauration....... 1 vol.

L'ouvrage, formant 6 volumes in-8°, sera publié par livraisons de deux volumes in-8° imprimés avec soin en caractères neufs sur beau papier, prix de chaque livraison........... 15 fr.

Le nombre de 6 volumes ne sera pas dépassé.

La 1re livraison, LA RÉPUBLIQUE, paraîtra le 25 janvier.

ON SOUSCRIT CHEZ

HIPPOLYTE SOUVERAIN, ÉDITEUR,

RUE DES BEAUX-ARTS, 3 BIS,

ET CHEZ TOUS LES LIBRAIRES DE LA FRANCE ET DE L'ÉTRANGER.

En vente, pour Etrennes :

LA
SUISSE PITTORESQUE,

ORNÉE DE 200 FIGURES GRAVÉES SUR ACIER, ET D'UNE CARTE DU LAC DES QUATRE CANTONS (BERCEAU DE LA LIBERTÉ HELVÉTIQUE), ET D'UNE GRANDE CARTE GÉNÉRALE DE SUISSE D'APRÈS KOLLER, PAR TARDIEU.

Un volume in-4°, élégamment relié. — Prix : 17 francs; cartonné, 15 fr.; broché, 13 fr.

Imprimerie de Mad. de Lacombe, faubourg Poissonnière, n. 1.

OLLIVIER, LIBRAIRE-ÉDITEUR.

Simon le Borgne,

PAR MICHEL RAYMOND.

2 vol. in-8°. 2e édition. — 15 fr.

Hélène,

(édition à 3 f. 75 c.)

PAR MARIA EDGEWORTH.

3 vol. in-8°.

Madame Putiphar,

— PAR PÉTRUS BOREL.

2 vol. in-8°. — Vignette.

Anatole,

PAR MADAME SOPHIE GAY.

2 vol. in-12, fig.

Physiologie du Ridicule,

(édition à 3 f. 75 c.)

PAR MADAME SOPHIE GAY.

2 vol. in-8°.

Tryvelyan,

Par l'auteur d'*Eliza Rivers*, *Coquetterie*, etc.

2 vol. in-8°. — 15 fr.